装うアルファ、種付けのオメガ ～財閥オメガバース～

FUUKO MINAMI

水壬楓子

Illustration

小山田あみ

JN093494

SLASH
B-BOY NOVELS

この物語はフィクションであり、実際の人物・
団体・事件等とは、一切関係ありません。

CONTENTS

heat capacity

「――真頼《まより》様、本日はこのくらいにされては」

ふいに背中に立っていた秘書の水尾《みずお》から耳打ちされて、ようやく真頼は我に返った。

会議がかなり白熱してしまっていた。とはいっても、殺気立つような悪い雰囲気ではない。十人ほどが集《つど》った会議室には、活力に満ちた熱気がこもっている。

三年前に起業した新しい投資ファンドであり、この会議に参加するトレーダーや他の社員たちもほとんどが二十代から三十代とまだ若い。

代表を務める真頼自身、まだ二十八歳だが、……しかし真頼については、少し立場が違う。

「ああ…、もうこんな時間か」

小さく息をついた真頼は、ちらっと腕時計に視線をやった。

時刻はすでに夜の八時に近い。

「今日はここまでにしようか。週末は仕事を忘れてゆっくりと休んでくれ。リフレッシュして、また来週、新しい意見を聞かせてもらえればと思う」

真頼の言葉に、はい！　と力のある声が唱和し、一気に空気が緩んだ。

「週末に遅くまですまなかったな、みんな」

ざわざわと社員たちが席を立つ中、真頼はいくぶん申し訳なく声をかける。

他に関わっている仕事のせいで、否応なくこの会社は後回しになってしまうのだ。こうして自分の出席できる時間を調整すると、どうしてもこんなタイミングになってしまう。

「いえ、とんでもありませんよ。社長がおいそがしい身体なのはわかっておりますから」

すぐ横で副社長が穏やかに微笑《ほほえ》んだ。社員の中では最年長、とはいっても、まだ四十を過ぎたばかりだろう。席を空けがちな真頼にとっては有能な補佐役である。

「君たちだけでも十分にやっていけることはわかっているのだけどね」

信用していないわけではない。が、真頼にとっては「家」とは関係なく、一から自分で立ち上げた会社であり、愛着があった。社員たちも意欲的だ。

「真頼様にこうして顔を出していただけるだけで、光栄です。気にかけていただけると私たちも張り合いが出ますし、安心できますよ」

「お会いできるの、いつも楽しみなんです！　友達に自慢できますからねっ」

今日集まった中では一番若い――まだ二十四歳だっただろうか――男がいくぶん顔を紅潮させて声を上げ、横にいた三十代の同僚が手にしていた薄いモバイルで、笑いながらパン、と背中をたたいた。

「バカ、こういう時は勉強になります、と言うんだ」

それにどっと笑い声が溢《あふ》れる。

「こちらこそ、頼りにしているよ」

笑顔で返すと、ありがとうございます！　と元気のいい声が上がる。

必要な幹部と二、三、細かいやりとりをしている間に、お疲れ様でした！　と次々と社員たちが会議室を出た。何気ない話し声が、徐々に遠ざかりながらも真頼の耳に届く。

「アルファなのにいつも丁寧な人だよなぁ、真頼様。沙倉之財閥《さくらのざいばつ》の直系の跡取りなんだろ？　すげぇよな…。俺たちからすりゃ雲の上の人なのに偉そうな感じもなくて」

「そういや、前の会社の取引先にも沙倉之の一族がいたんだけど、そいつはすごい感じ悪かったからなー。やっぱアルファみたいだったから、能力はあったのかもしれないけど。でも沙倉之の名前だけでまわりが動いてた感じだったし。まわりのベータのことはあからさまに見下してたしな」

「真頼様は、能力があればアルファでもベータでも、オメガでも関係ないってスタンスなんだよな。この会社を自分で興《おこ》したのだって、財閥系企業のそういう序列に疑問を持ったからって聞いたぜ？」

「ありがたいよ。なんか…、正当に評価してもらえるってのは」

「秀才型のベータって、会社によってはアルファの上司にいいように使われるだけっていいますもんねぇ…」

「いや、でもさすがアルファだよ、真頼様は。あの若さで相変わらず分析も鋭いし、読みも的確でさ」

「ていうか、求心力がすごいですよ。こう、この人のためにやらなきゃ、って感じになるんですよねー。カリスマっていうのか、アレもアルファのフェロモンですかね？」

「バカ、フェロモンだったらオメガだろ」

「あ、そうか。アルファのオーラ？　……俺、真頼様なら抱かれてもいいかも」

「おまえなんか、相手にしてもらえるか」

冗談のような会話と笑い声――。

だが真頼はテーブルに両手をつき、無意識に身体を強ばらせていた。

たわいのない彼らの会話と、そして思い出したように奥からじわじわと湧き出してくる熱が、身体を内側から蝕《むしば》んでいるようだ。

「真頼様…、大丈夫でございますか？」

抑えた声がそっと尋ねてくる。いつの間にか、会議室は水尾と二人だけになっていた。

水尾はこの会社での秘書ではなく、真頼の身のまわりすべての雑事を仕切っている個人秘書という立場になる。膨大な仕事を抱える真頼の、スケジュール管理が主な役目だ。

同い年の二十八歳。沙倉之の系列企業で働いていたところを真頼が見つけ、自ら引き抜いた。眼鏡《めがね》をかけた理知的な雰囲気で、実際、優秀な男である。……ベータにしては、と真頼の親族なら言いそうだったが。

真頼は仕事上でも、プライベートでも政財界の人間とのつきあいが多く、秘書の立場でもそうした古狸《ふるだぬき》、もしくは百戦錬磨のその秘書たちとのタフな駆け引きが必要とされる。能力とともに冷静さも求められる、かなりの激務になる。

水尾は、真頼が家族よりも信頼している男で、真頼の秘密を知る、数少ない一人だ。

沙倉之真頼。それが、真頼の名であり、立場であり、身分だった。

実質的にこの国を支配する五大財閥――そのうちの一つが沙倉之だ。その、正統な後継者。

五大財閥と呼ばれる一族の本家は、基本的にアルファの家系だった。アルファの属性を持つ者だけが一族の当主となり、すべての財も権力も受け継ぐ。

もちろん比率的に言えば、血のつながった一族の中でもベータの方が多い。が、検査でベータと確定した時点で、跡継ぎの候補からは外され、事業の中枢からも遠ざけられる。それが長く財閥を築いてきたそれぞれの一族の常識であり、慣例だった。

真頼は沙倉之の現当主の、唯一の嫡子《ちゃくし》である。

つまり真頼も、生まれながらに絶対的なアルファ――のはずだった。

だが身体は、明らかに別の兆候を見せていた。

「真頼様？」

テーブルに手をついたまま額に汗をにじませる真頼に、水尾がいくぶん緊張した声でさらに呼びかけてくる。

「ああ…、大丈夫だ」

ようやく息を吐くように答えながらも、毒がまわるように全身にあらがいがたい欲求が渦巻い

ていくのがわかる。

「本日は、いかがなさいますか？」

そんな真頼の様子を、水尾が察していないはずはない。淡々と聞かれたが、もちろん答えはわかっているのだろう。

「ああ…、頼む。送ってくれ」

かすれた声で答えると同時に、頭の中に、体中に、その瞬間の熱と快感のイメージが濁流のように流れこんでくる。

ドクドク…、と体中に熱い血が駆け巡っていくのがわかる。無意識にぶるっと肌が震えた。我慢できない。

……薬が、切れかけている。


三十分後――。

あるビルの地下の駐車場へ高級車がすべりこんだ時、リアシートにいた真頼はスーツを着替えていた。

華やかでラフな遊び着だ。ふだんの真頼を知っている人間が見れば驚くだろうが、真頼だとわかるはずもない。

鼻から上は羽根飾りのついた派手な仮面でしっかりと顔を隠していた。シリコン製でぴったりと肌に張りつく特殊な造りで、激しく動いたとしても外れることはない。そして、首にはチョーカーのような太めの革ベルトをしっかりと巻いていた。

何かの弾みにも、うなじを噛《か》まれることがないように、だ。

運転手をしていた水尾が所定の場所へと車を駐《と》める。ふだんは専任の運転手がついているので、水尾が運転するのはこの場所――「クラブ」へと来る時だけだ。あらかじめ到着時間を知らせていたので、黒服のマネージャーが駐車場まで出迎えに来ていた。

「上までご一緒いたしましょうか？」

エンジンをいったん切ってから、いつになく水尾が尋ねてくる。それだけ今夜の真頼の状態が悪く見えたのかもしれない。

「いや…、大丈夫だ」

しかし真頼は、ギュッと自分の二の腕を握りしめて低く答えた。声がかすれそうになっている。

「終わられましたら、ご連絡をくださいませ。すぐにお迎えにまいりますので」

それ以上は言わず、静かに口にした水尾に真頼はうなずいた。そして、ドアを開けて車を降りる。

「お疲れ様です、ジョーカー」

マネージャーが丁寧に腰を折って挨拶した。

——ここから、真頼は「ジョーカー」という名の淫売《いんばい》になる。我が儘《わま》で高飛車な、最高級の男娼《だんしょう》だ。

「客は？」

真頼は男の顔も見ずにまっすぐにエレベーターへ進みながら、短く尋ねた。

「はい、本日はすでにお二人、お待ちになっております」

水尾が連絡を入れた時点で、マネージャーは今夜の「ジョーカー」の客を手配する。目当てのジョーカーは、いつ来るかもわからない。それでも順番待ちをしているのは、条件をクリアした男たちだ。そしてどれだけ搾《しぼ》り取っても、一人で満足できることは少ない。

「私が部屋に入って十五分したら、最初の客を入れてくれ」

「わかりました」

あとからエレベーターに乗りこんだマネージャーが、高層階のボタンを押しながら答えた。

シースルーのエレベーターがぐんぐんと上昇していくにつれ、地上の明かりが眼下いっぱいに広がっていく。美しい光景だ。

最上階から三フロア分を占める「クラブ」は、もちろん看板など出してはいないが、知っている者だけが知っている高級娼館だ。

客は富裕層のみ、当然、アルファもいる。社会的な立場があればなおさら、秘密裏《り》に、持て余す膨大な熱を発散させる場所は必要だった。

所属しているキャストは、源氏名の代わりに「クラブの2」や「ハートの9」など、カードの名前で呼ばれているが、中でも絵札と「A《エース》」には——オメガが当てられていた。とりわけ発情期のオメガの身体はすばらしく、それこそ媚薬《びやく》みたいなものだろう。

そしてその中でも「ジョーカー」は特別だった。

客にはもちろん、スタッフにも素顔は見せない。素性も知らない。

客がジョーカーを指名できるわけではなく、こちらから客を選ぶ。人を、というより、ある基準をクリアしていることが絶対条件だ。

目当てに来店しても、その日、ジョーカーが店に出ているかもわからない。

キスはダメ、フェラもしない、そして一度相手をすれば、二度と同じ客とは寝ない。

だが、身体は「絶品」の女王様——。

そんな噂《うわさ》が上流階級の男たちの間には広がっているようで、指名できないとわかっていても希望する客は引きも切らなかった。

居丈高《いたけだか》に金を積み上げてみせる男もいるようだったが、真頼としては金が欲しいわけではない。

そんな我が儘が許されているのは、真頼がこの「クラブ」のオーナーだからである。もちろん名前は伏せており、マネージャーをはじめスタッフは誰も知らなかったが。

自分のために、この場所を作ったのだ。

効率的に、そして誰にも知られずに、身体の中の熱を解放するために。

ワンルームだが、三十畳ほどある専用の部屋に入った真頼は手早く服を脱ぎ、シャワーを浴びる。水に近かったが、火照《ほて》った身体に冷たさはほとんど感じなかった。そっと指で確認した自分の後ろは、すでに熱く、もの欲しげにとろけている。

こんな、淫《みだ》らな身体――。

両親ともにアルファであり、財閥の嫡子として生まれて、その日まで自分はアルファだと信じて疑ったことなどなかった。

それが、よりにもよってオメガだとは。

真頼は無意識に唇を嚙んだ。

それでも仮面と首輪をしっかりとつけ直し、素肌の上にシルクのローブをまとう。テーブルに用意されていたクーラーからシャンパンを引き抜き、グラスの一つに注いでベッドへ向かう。

客が入って来たのは、ベッドの脇の一人掛けのソファに腰を下ろした時だった。

扉が開き、薄暗い間接照明の中にもタキシード姿がパッと目に入る。このクラブを訪れるにはドレスコードがあり、ブラックタイが基本になっていた。すぐに脱ぐのに、だが、ビルに出入りするところを外から見られた場合、パーティーか何かだと想像される形だ。

「ごゆっくりおくつろぎくださいませ」

上客だけに、自ら案内してきたマネージャーが一礼して扉を閉じた。

「ジョーカー」が同じ客を二度取ることはないが、未練たらたらながらもその客が別の馴染《なじ》みを作ることはある。

入ってすぐのところで立ち止まり、じっと男がこちらを眺めて、ほぅ…、とつぶやいた。

「なるほど。噂には聞いていたが…、ずいぶんともったいぶっているんだな。ベッドの中でもその仮面なのか？」

あきれたような、挑発するようなトーン。

真頼は小さく鼻を鳴らし、手にしていたグラスを軽く揺らしてシャンパンを一気にあおる。

ここに客で来るような男は、ふだん命令慣れしている分、自分の思い通りにならないことなどなく、こんなふうにあからさまな不満を口にすることも多い。だがそれだけに、ハマる男はハマる。

もっとも、この男はいらだちというよりも、どこかおもしろがっている雰囲気だ。

正直、相手は誰でもよかった。セックスがうまければそれに越したことはないが、どちらにしても一夜限りの相手だ。

しかし薄暗い中、ゆっくりと近づいてきた男の顔がようやく確認できるくらいになって、あっ、と真頼は息を呑《の》んだ。

覚えがあった。

籐院黎司《とういんれいじ》――。

沙倉之と同じ五大財閥の一つである篠院の一族だ。

真頼とは同い年で、ほんの子供の頃から財閥の交流会で何度か顔を合わせたことがある。アルファのようだが、どうやら一族の中では変わり者だったらしく、家の仕事に関わることなく、ここ数年は海外を放浪していると聞いていた。

——どうしてこの男が……？

さすがに動揺してしまう。

真頼が客を取る条件は、直接、自分の顔を知らない男——、という一点だ。

仮面で顔を隠してはいるが、やはり馴染みのある相手だと雰囲気で気づかれる恐れもある。そのため、事前に登録させるクレジットカードで、財閥の中枢にいる連中が使う特別なステイタスのものは弾《はじ》くようにしていた。

それをすり抜けたということは、黎司はその手のカードを使っていないようだ。しばらく海外にいたせいで、リストからも名前がもれていたらしい。

失敗した、と真頼は顔をしかめたが、仕方がない。もう数年、顔も合わせていなかったし大丈夫だろう。

真頼がまともに黎司の顔を見たのも、七、八年ぶりだろうか。覚えているよりも少し髪が伸びている。

自分よりもひとまわりは大きながっしりとした体格で、相変わらずふてぶてしい面構《つらがま》えだった。

もともと財閥出身のアルファというのは傲岸不遜《ごうがんふそん》なトップエリートばかりだが、黎司にはそんな連中とも距離を置いた一匹狼の風情がある。上品なタキシード姿ではあったが、草むらに身を潜め、じっと気配を探るような。そして、一気に飛びかかってきそうな野性的な雰囲気だ。と同時に、ゾクリとするような男っぽい色気もある。

ざわざわと、急に身体の中が波立つように揺れた。肌が粟立《あわだ》つ。真頼はそんな自分の反応を振り払うように、大きく息を吸いこんで立ち上がった。

「素顔は見せないんだって？　うっかり見てしまったら石にでもなってしまうのかな？」

さらにおもしろそうに続ける男の声を聞きながら、真頼は無造作にローブを脱ぎ捨てた。

「顔は必要ないだろう？　結局、おまえたちが望むのは身体だけだろうし？　私の腹の上で、種馬みたいに腰を振ればいい」

真頼は嘲《あざけ》るように口にしながらも、ほとんど自分に言っているのと同じだった。

自分の欲望を満たすためだけに、客を利用しているのだ。おたがいの利害は一致していたが、形式とはいえ、こちらは大金をふんだくっている。

そんないらだちを振り払うように、真頼は手荒にローブを脱ぎ捨て、全裸で真っ白なシーツへ身体を伸ばした。

瞬間、ふっ、と空気が変わった気がした。黎司がわずかに息を呑んだのがわかる。

「ハハ…、すごいな。さすがは発情期のオメガだ。すごいフェロモンを出してくれる」

いくぶんかすれた声とともに、男がバサッ、と服を脱ぎ、さっきまで真頼が腰を下ろしていたソファへ投げる音が耳に届く。

わずかにマットレスが沈み、男がすぐそばまで近づいた気配が押し包むように迫ってくる。

背中からじっとのぞきこまれて、なぜかざわっと肌が震えてしまう。いつもならさっさと相手を引きこみ、溺《おぼ》れさせ、欲望を満たすだけなのに。

いや、いつもなら、相手の方が我慢できずに飛びかかってくるくらいなのに。駆け引きや会話など必要ない。本能だけがぶつかり合う。

「あっ…」

背筋をそっと指でなぞられ、思わずうわずった声が飛び出して真頼はあせった。

発情期だ。もともと疼《うず》くような熱はあったが、カッ…、と一気に身体の奥から燃えるように熱くなる。

今まで、何人もの客を相手にしてきた。中にはアルファもいた。だがこんなふうに、全身が溶け出すような感覚は初めてだった。

「まいったな。せっかくジョーカーを引き当てたんだ。じっくり観察させてもらうつもりだったが…、タガが外れそうだ」

独り言のように口にした男が、いきなり真頼の腕をつかみ、強引に身体をひっくり返す。

「あぁ……っ」

男の手につかまれた部分から、全身に痺《しび》れが走る。ずくん…、と下肢へ熱がたまり、まだ何もされていないのに、中心が恥ずかしく反り返してしまう。

じっと熱っぽく見下ろす眼差《まなざ》しに搦《から》めとられるような感覚だった。知らず息が荒くなる。

「別に……、恥ずかしいことじゃない……。そのための場所だ」

それでも必死に身体を抑え、真頼は低く返した。

「恥ずかしくはないが…、おかしい」

何が…？　となかば朦朧《もうろう》とした頭で不思議に思う。さっき口にした、観察、という言葉も気にかかる。

だが確かに、おかしかった。真頼自身も、だ。

まともに思考が働かない。

発情期であればそれも当然だったが、それでもこんなに蝕まれるような感覚は初めてだった。

早く、早く…っ、と全身が暴走する。

「早く……、満足させろ…っ」

なんとか声を絞り出し、真頼は男を挑発した。

「それはこちらのセリフだと思うが…、なるほど、気位の高い女王様だな」

かすかに笑いながら、膝《ひざ》でベッドへ上がりこんだ男が真頼の膝をつかみ、無造作に大きく押し広げる。

「あっ…、ふ…ぁ…っ」

荒々しい男の手の感触と、肌を焼くようなその視線だけで、身体の奥からぶわっと熱が噴き出した。

体中が暴走するみたいに、息遣いが荒くなる。

だがそれは、自分だけではなかった。

のしかかってきた男の手が、真頼の頬《ほお》を包みこむように触れる。指先が唇を撫《な》で、強引に割って口の中へと入りこむ。

「んっ…、……ん…っ」

反射的に真頼はその指をくわえ、しゃぶり上げた。今まで、そんなことはしたこともなかったのに。

唾液を絡めて指を引き抜かれ、そのまま顎《あご》が引き寄せられる。真頼は無意識に腕を伸ばし、夢中で男の肩にしがみつこうとして——あっ、と我に返った。

「やめろ…っ！」

唇が触れる直前、とっさに男の身体を突き放した。

「キスはダメだと……っ」

小刻みに震える身体を引き寄せ、真頼は声を上げる。事前にＮＧ行為はきっちりとマネージャーが確認しているはずだ。

「そうだったな…」

黎司が乱れた前髪をかき上げ、深く息をつく。

彼にしても無意識だったのかもしれない。

「前戯は…、必要ない。さっさと始めろ…っ」

何もされていない。始まってもいない。

ただ触れられただけで、真頼はほとんど限界まで来ていた。身体の中で熱が吐き出す先を求めて荒れ狂っている。

「ああ…、絶品だという噂の身体を味わわせてもらうよ」

口元で笑って言いながら、黎司がボウタイを引きちぎるようにして放り投げ、袖口《そでぐち》のボタンを外してシャツも脱ぎ捨てた。

あらわになったたくましい男の身体に、ドクッ…と全身の血が沸き立つようだった。体中がドキドキと脈打ち、一気に体温が上がる。

「は…っ、ん…っ」

両膝が強引に引き寄せられ、脇腹が撫で上げられて、真頼は大きく身体をしならせた。

「耐性は…、できているはずだったんだがな」

つぶやくようなそんな声が、遠くに聞こえる。

「ひ…ぁっ、あぁぁぁ……っ!」

胸へとすべった男の手に尖《とが》りきっていた乳首がきつく摘《つま》み上げられ、一瞬の痛みと、それを凌《りょう》駕《が》する甘い痺れに身体が呑みこまれる。

「あぁっ…、あぁ…っ、は…ん…っ」

さらに指先で押し潰され、転がされて、焦《じ》れるように身体がよじれた。反り返した中心からは、早くもポタポタと恥ずかしく蜜《みつ》がこぼれ落ちる。

ぐっと男に手首がつかまれ、シーツへ縫いとめられて、顎の下から胸へと貪《むさぼ》るように唇が這《は》わされた。

「確かに…、すごい身体だ。俺にこれほど理性を失わせるとはな…。噂のジョーカーを甘く見ていたよ」

真頼の肌を舌で、自分の肌で味わいながら男が吐息のように口からもらす。

だがそれは、真頼も同じだった。

毎回客の顔が変わっても、やることは同じだった。

どれだけ身体が狂い、理性が飛んでも、それでも頭の芯《しん》ではそんな自分の狂態を冷ややかに見ている自分がいた。

だが今は――何かがおかしかった。

おたがいの身体がこすれ合い、むせるような男の匂いが全身を包みこむ。息苦しく、溺れるようだった。触れ合った部分から体中が甘く、滴《したた》るみたいに溶け崩れていく。

「ふ……ぁ…、あぁっ…、あぁぁ…っ、いいっ……いぃ……っ」

片方の乳首が手荒く指でもてあそばれながら、もう片方が口に含まれる。舌で愛撫《あいぶ》され、いくども甘噛みされて、真頼は男の髪をきつくつかんで引き寄せながら大きくあえいだ。

まだ身につけていたズボン越しにも、男の中心は硬く張りつめているのがわかる。

初めから脱いでいないということは、それだけ余裕があるつもりだったのだろう。

アルファにしても結局はオメガに翻弄《ほんろう》される獣のくせに…、と冷笑する。

だがオメガが身体に男を欲しがるのも本能だった。

真頼の方も無意識に、ねだるみたいに男の下肢に腰を押しつけてしまっている。

一瞬、よみがえった理性がそれに気づき、頭の中が真っ赤になった。が、それも男の手が動いて蜜を溢れさせる前をこすり上げられ、あっという間に熱に呑まれる。

「あっ…、く…ぅ……ん…っ」

「あぁっ、あぁっ…、いい……っ」

シーツに爪を立て、喉《のど》を仰《の》け反《ぞ》らせて真頼はあえぐ。気持ちがよかった。手でされただけだが、そのままイッてしまいそうだ。

「おまえ…、何者だ……?」

荒れ狂う波にもまれながら、ふいにかすれた声が聞こえた気がして、真頼はそっと目を開いた。

「な…に……?」

だがほとんど意味はわからず、快感だけを追いかける頭では何も考えられない。

くそっ、と黎司が低くうなったかと思うと、いったん真頼の身体を引き剝《は》がし、邪魔になったズボンを脱ぎ捨てる。目の前で膝立ちになった男の中心はすでに天に向かって反り返り、浮き出た血管が脈打っているのがわかるくらいだった。

真頼の目がそれに吸いよせられる。

フェラはしない。したこともない。身体を売ることが目的ではなく、客に媚《こ》びるつもりはなかった。

だが今は、その男のモノに触れたい、しゃぶりつきたい、という衝動に襲われていた。口の中いっぱいに唾液が溢れ出すくらいに。

——どうして……？

必死に抑えこもうとしながらも、視線は離せない。

「もの欲しそうだな…」

察したらしい黎司に低く笑われ、カッ…、と頰が熱くなる。思わず男をにらみつける。

「それを使えないのなら…、おまえに用はない」

「いいのかな？　一度味わったら、もう他の男では満足できなくなるぞ？」

からかうように言いながらも、男のその声も、息遣いも切羽詰まっている。

「満足させてから言え…！」

「そうだな」

叫んだ真頼に短く答えてから、男が真頼の両足を抱え上げる。

「——あぁっ！　あっ…、あぁ……っ、あっ…んっ」

ずるり、と指が二本、無造作に後ろに入れられて、真頼は大きく身体をよじった。

「なるほど…、もう十分に濡《ぬ》れているようだ」

ジン、と甘い感触が肌に広がる。熱く潤んだ中を掻《か》きまわす指をいっぱいに締めつけ、味わってしまう。が、指だけではぜんぜん足りなかった。

「は…やく……っ」

腰を揺すりながら、どうしようもなくうめいた真頼の腰を引き寄せ、男がとろけた入り口に自身を押し当てる。淫らに収縮する襞《ひだ》が、しゃぶりつくみたいに男の先端を搦めとる。

「たまらないな…」

マーキングするみたいに先走りを二、三度、こすりつけてから、男は一気に中へ押し入った。

「あぁぁぁ……っ！」

熱い真頼の中を押し広げるように激しく黎司は腰を揺すり、真頼も夢中でそれをくわえこむ。

いやらしく濡れた音が絶え間なく響き、身体の芯を陶酔が駆け抜ける。すさまじい快感だった。

「あぁっ、いやぁ…っ！　まだ……っ」

腰が浮かされ、出て行こうとする男のモノを、真頼の腰は必死にくわえこむ。

「あ…っ…、あぁぁぁ……っ！」

しかし無慈悲に男は自身を入り口あたりまで引き、きつく締めつけていた分、中が激しくこすり上げられて、ビクビクッと痙攣《けいれん》しながら真頼は達していた。

自分の腹の上に精液を散らす真頼の淫らな姿を見つめながら、黎司はもう一度深く突き入れ、一番奥で自身を解放する。

「ふ…ぁ……」

自分の中が、男の放ったものでたっぷりと濡らされていくのがわかる。しばらく放心したまま荒い息をついていた真頼だったが、いったん引き抜いた男はそのまま、ぐったりとした真頼の身体をひっくり返した。

「なっ…、——あぁぁ……っ！」

状況がつかめないままの真頼の腰が持ち上げられ、ついさっきまで男のモノを受け入れ、まだジクジクと疼く入り口を指で押し開いた。

どろり…、と中に出された精液が溢れ出す。無造作に指で掻き出され、その感触にも淫らな声を上げてしまう。さらに舌先で襞がくすぐるように愛撫され、ねっとりと中までなめ上げられて、あまりの快感に真頼は腰を振りたくりながらあえぎ続けた。

「ここをなめられるのが好きみたいだな…」

笑うように言われて、真頼は唇を噛んだ。

しかしどうしようもなく、ねだるみたいに腰は揺れてしまう。

否定はできない。そんな身体なのだ。

焦らすみたいにさんざん舌でなぶられ、片方の手で前がしごかれて、そのままあっさりとイカされる。

力なく崩れそうになった身体は、しかしシーツに休むことを許されず、再び男のモノに貫かれた。

さすがはアルファなのか、まったく萎《な》える様子はない。舌の愛撫で疼いていた部分に男の太いモノが与えられ、真頼は夢中で男を味わった。

「さんざん煽《あお》ってくれたからな…。音《ね》を上げるなよ、ジョーカー」

耳元で低くささやき、腰をつかんでさらに黎司はガツガツと深く突き入れる。

「あぁ…っ、あ…っ、ん…っ、あっ…、あっ……あぁぁ……っ」

シーツを引きつかみ、腰だけを高く掲げる恥ずかしい格好で、真頼も立て続けに極めてしまう。

再び中へ出され、今度はそのまま背中が抱き上げられて、男の膝にすわらされた。

「な…、よせ……っ」

あまりに恥ずかしい格好にとっさに逃れようとしたが、強い力で引きもどされ、背中から両膝が抱えられて、下から突き上げられる。

「あぁぁ……っ!」

男の胸に背中をこすりつけ、真頼は大きくあえいだ。こんな体勢は初めてだった。

普通の客は、ただ夢中になって真頼の身体を貪るだけだ。正常位か、せいぜいバックからやるだけで理性が飛ぶ。あとはもう、自分の欲望を吐き出すことしか考えない。

すがるものがなく、不安定な体勢だったが、前にまわった男の腕がしっかりと真頼の身体を抱きかかえ、不思議と心地よい。

たまらない。気持ちがいい――。

いつの間にか、真頼も自分から腰を上下に動かしてしまう。

「収まりそうにないな…」

いったん腰の動きを止めた男がかすれた声でうめき、手慰みのように真頼の片方の乳首と、反り返したまま先端から蜜をこぼす中心とをもてあそんだ。

「あっ、あっ…、あ…ぁ…っ…、やぁ…っ」

敏感な先端が指先でこすられるたび、ビクッビクッ…と身体が震え、後ろに入っている男の熱と大きさ、硬さを身体に刻みこまれる。ぴったりと背中に密着した男が鼻先を首筋に埋《うず》め、耳たぶを噛んだ。男の荒い息遣いが汗と一緒に肌をすべる。

そのまま肩まで唇をすべらせ、……ふいに、黎司は動きを止めた。

「おまえ……」

小さくつぶやいたかと思うと、肩の後ろ、首の付け根のあたりをそっと指先でなぞってくる。

「何……？」

男の動きが止まったことにようやく気づき、真頼は怪訝《けげん》に肩越しに振り返った。

やがて男の唇がその部分に押し当てられ、軽く歯が立てられた。

「そんなところを噛んでも……、何もならないぞ……？」

身体にこもる熱を抑えながら、真頼は低く言った。

うなじを噛まれないように首には革のチョーカーをつけているので、そのあたりくらいしか噛めないのだろうが。

黎司が吐息で笑った。

「そうだな…」

そして両手をまわして真頼の腰をしっかりと抱え直した。

軽く浮かせるようにすると、再び下から激しく突き上げてくる。

「はぁ…っ、あぁぁっ……あっ、あぁ…ん…っ」

男にされるまま、真頼の身体はよじれ、いやらしい音とともに中がこすり上げられて、あっという間に高まってしまう。

「ほら…、好きなだけイッていいぞ？　発情したウサギちゃん」

そんな言葉に、真頼は自分から淫らに腰を振り乱しながらも、必死に言い返した。

「おまえだって…、発情した獣だろうが…っ」

「そうだな」

背中から熱っぽい声が返る。

「同じだ」

肩に長いキスが落とされ、一気に奥まで刺し貫かれる。

「あぁ……っ、ふか…ぁ…、あぁぁぁ……っ！」

もう何度目なのか、絶頂を極めた真頼はシーツへ崩れ落ちた。

ようやく男も少し落ち着いたのか、いったんベッドを下りてテーブルのクーラーからボトルを引き抜いてくる。

「ほら…、飲め」

軽く頭が抱き起こされ、口移しにシャンパンが飲まされた。渇ききった喉に心地よく冷たい感触が流れこんでくる。

そっと息をつき、真頼はふと男の顔を眺めた。

意外だった。こんな心遣いができるとは。

「あ…っ」

しかしこれも一種のキスだと気づき、しまった、とあせる。

計算なのか？　と、とっさににらみ上げたが、黎司はとぼけた顔でもう一杯、自分の分を注いで一気にあおった。

「相性は悪くなさそうじゃないか？　次はきっと、もっとよくなる」

にやりと言った男に、真頼は気怠く重い身体をシーツに伸ばしたまま肩をすくめた。

「マネージャーから説明を聞かなかったのか？　私が相手をするのは一度だけだ」

「だがおまえのココは、また俺を欲しがると思うがな？」

意味ありげに言いながら、男の指が汗ばんだ背筋から深い谷間へとすべりこむ。

「そういう自信過剰な男は多いが、いまだかつて二度目を許した男はいない」

淡々と返した真頼だったが、……確かに、今まで感じたことのない快感があるのは確かだった。

何だろう…？　身体だけでなく、何かが満たされたような多幸感。不思議な感じだった。

だが、充足までにはまだ少し。どうせ今夜だけなのだ。ならば、とことんまで食い尽くしてやる。

「ただおまえが…、まだ使えるようなら、今夜の客はおまえだけで間に合うかもしれないな」

指を伸ばし、真頼は男の下肢にそっと触れる。

ふいにドキリとした。何度も、何人もの男のモノを身体の中に受け入れてきたが、考えてみれば自分から触れたのは初めてかもしれない。

「使えないと思うか？」

黎司がにやりと笑う。

どうやら、もう一人、待っているはずの客の順番は来そうになかった。

……少なくとも、今夜は。


二日後、真頼は郊外の別荘で開かれた園遊会へ出席していた。正直、真頼にとっては退屈なだけの集まりだが、やはりつきあいはある。

沙倉之本家の当主である真頼の父は、現在、病気療養中だった。真頼は、その正妻である母の唯一の息子になる。嫡子だ。

財閥のトップは代々アルファであり、それが不文律だった。当然のようにアルファの配偶者を娶《めと》り、その子供はアルファであることが望まれる。実際、確率的にも高い。

幼い頃から利発だった真頼は、当然アルファであると誰も疑うことはなかった。ずっとそう言われて育ってもきた。それだけに十二歳の時の検査でオメガだったという結果が出た時、真頼にとっても衝撃だったが、母は半狂乱になった。

「そんなことはあり得ないわ！」

と、その一点張りで、決して信じようとはしなかった。というより、現実から目を背けたのだ。

母にとって、自分の産んだ息子はアルファであるべきだった。沙倉之の跡継ぎなのだ。

もし真頼がアルファでないと知られれば——しかもオメガなどと——その場で後継者の座から

引きずり下ろされる。と同時に、母自身もまわりから嘲笑《ちょうしょう》されるのだ。もしかすると、正妻の座を追われる可能性もある。どの財閥の当主も、子孫を絶やさないため、という大義名分もあって、公然と妾《めかけ》や愛人を持っていた。豪邸の、同じ敷地内に住んでいる者もいる。

出自も立場も、今まで自分の方が格上であり、蔑みの目で見ていた女たちから、今度は自分がそんな目で見られることなど、母には耐えがたかったのだろう。財閥出身のアルファであり、生まれながらに栄光が約束され、プライドも高い。

「もちろん、真頼さんはアルファに決まっているでしょう」

検査のあと、母は夫にも、まわりの者たちにもそう告げていた。そして真頼本人にも。

「あなたはアルファよ。オメガのはずがないじゃないの！」

真頼の肩をきつくつかみ、そう言いきった母の顔は、鬼のようだったと今でも覚えている。まるで、そう言い張ればそれが本当になるかのように。

真頼は、アルファとして生きるしかなかった。

覚悟を決め、その分、努力は惜しまなかった。

優秀な成績を収め、経営学や帝王学なども学び、そして今まで完璧にその期待に応《こた》えてきただけに、母は事実を忘れている――封印しているようだった。

真頼自身はもちろん、自分の身体についてはわかっている。否応なく、変化はやってくる。

だからこそ、オメガであっても能力的には何もアルファに劣ることはないのだと証明したかった。

毎日、気を張りつめて生きてきた。

現実問題として、真頼がオメガだとまわりに知れたら、今まで築き上げたものすべてを失うのだ。

誰に守ってもらうこともできない。

父にも、母にも、だ。自分で自分を守るしかない。

だが生活のすべてを、自分の力でカバーすることはできなかった。仕事上のフォローも必要だ。

自分から打ち明ける勇気はなかったが、子供の頃から真頼の世話をしてくれている初老の執事と、そして秘書の水尾は、近くで接するうちに気づいたようだった。だが、沈黙を守ってくれている。

真頼の秘密を知るのは、医師をのぞけば、母とその二人だけだ。

母の子は真頼ひとりだったが、腹違いの兄弟は多かった。中にはアルファの者も何人かいる。

真頼の秘密が明らかになれば、そのうちの誰かが真頼に取って代わることになり、……実際、今でもそのチャンスをうかがっていた。

隙《すき》があればいつでも真頼を引きずり下ろし、沙倉之のすべてを自分のものにしようと。

財閥のアルファは一族の繁栄のために力を尽くすことが求められ、後継者である真頼も早くから沙倉之の経営に関わっていた。

そして父が病気療養に入ってからは、事実上のトップとして、さらにその責任は大きくなっていた。

財閥間の社交も、必要な仕事である。

今回の交流会の主催は、五大財閥の一つ、照葉《てりは》だった。

ちょうど季節は秋で、照葉――すなわち紅葉の美しいこの庭が、会場に選ばれたようだ。

五大財閥では三カ月に一度、持ちまわりでこうした交流会が持たれていた。懇親のため、ということだが、財閥内での婚姻《こんいん》は多く、すべての家が親戚、姻戚と言ってもいい。

だが同時に、それぞれがライバルでもあり、盟友ともなる複雑な関係だ。

この定期的な集まりは、それぞれの一族の威勢を表す見栄《みえ》の張り合いの場であり、事業の上で相手の出方をうかがったり、その時々に有益なパートナーを品定めしたり、……あるいは、適齢期の若者たちのパートナーを探す場でもあり、主催する家はかなりの精力を傾けている。

沙倉之の後継者である真頼のもとには、女性たちから熱い視線が集まっていた。

財閥同士での結びつきが多いだけに、とりわけ、後継者であるアルファの男子には、やはり年回りのいいアルファの女性が娶《めあわ》される。

年の合うアルファにめぼしい女性がいなかったのか、これまで真頼にそんな話は持ちこまれなかったのだが、それならアルファでなくとも、という空気が高まり、一気にターゲットになったようだった。

美しく手入れをされた広大な庭で、軽食をとっていても、コーヒーを飲んでいても、誰かと歓談していても、あっという間に顔も覚えていない女性たちからアプローチされ、おばさま連中からは自分たちの近い身内を紹介される。

にこやかに、儀礼的に対応していたが、体調は最悪だった。発情期のまっただ中だ。薬で抑えてはいたが、必要な相手に挨拶だけして、さっさと中座した方がいいだろうか、と考えていた時、ふいに空気がざわついているのに気づいた。

なんだ…？　とその方向へ首をめぐらせると、どうやら新しい客が到着したようだった。だが好意的に迎えられている、というより、どこかとまどった雰囲気だ。

こんな財閥の集まりなど、新顔はほとんどいない。みんな昔からの顔見知りで、ちょっとめずらしい。

その男の顔を何気なく確認し、あっ、と真頼は小さく声を上げる。

篠院黎司だった。いくぶん着崩れたスーツ姿だ。

ドクッ…、と知らず、身体の中で熱く脈打った。

おとといの夜のことが一気に脳裏によみがえり、ただでさえ危うい身体が甘く崩れてくるようだ。

真頼は反射的に自分の腕をつかんだ。

まずい。きっちりと薬も飲んでいるし、こんなふうに顔を見ただけでどうにかなるはずもないのに。

「……え、黎司か？　おまえ、いつ帰ってきたんだよ？」

同じ籐院の一族だろうか、驚いたようなそんな声がかかっている。

とすると、どうやら黎司は帰国して、家族のもとへ身を寄せているというわけでもないらしい。

もしかして、親の顔も見る前に娼館へオメガを買いにきたのだろうか。

ずいぶんな好き者だな…、と冷笑してしまう。

まわりからの問いを適当に受け流しながら、黎司の視線が何かを探すようにあたりを漂うのがわかり、真頼はとっさに視線を逸《そ》らせた。

背筋を冷たいものが走る。

まさか、と思った。あの時は仮面をつけていたし、黎司に真頼が認識できたはずもない。

が、顔を合わせない方が無難なのは確かだった。

まだ何人か挨拶をしていない人間はいたが、とりあえず主賓へは顔を見せている。

帰ろう、と決めて、真頼はさりげなく庭を横切り、母屋《おもや》のアプローチへと入っていった。たくさんの視線からさえぎられたのがわかり、無意識にホッと息をつく。

その瞬間だった。

「おっと…、これはこれは、我が弟君じゃないか。沙倉之の後継者殿《どの》だ。どこへ行かれるのかな？」

ふいにからかうような、いかにも悪意に満ちた声が背中からかかり、真頼は一瞬、目を閉じた。

相手は声でわかっている。面倒なヤツにつかまったな…、という思いで、そっと息をつく。

それでもことさら朗らかに振り返った。

「政興《まさおき》兄さん…、それに、哲生《てつお》兄さん。いらしていたんですね。ご無沙汰《ぶさた》しております」

それぞれに母親の違う、沙倉之の兄弟だ。

兄弟とはいえ、ほとんど顔を合わせることはなかった。それこそ、こんな場でしか。確か、三十二歳と三十一歳。昔から真頼を引きずり下ろそうと画策している筆頭だった。ともにアルファである。

二人とも今はグループ企業の一つを任されているはずだったが、正直、業績がいいとは言えない。

父に代わって全体の監督も行っている真頼は、先月の沙倉之の総会の際、それを厳しく指摘し、改善を要求していた。さらには不明瞭《ふめいりょう》な金の流れの調査も。おそらく、遊び金欲しさに二人が抜いているのだろうな、という気はしたが。

熾烈《しれつ》な跡継ぎ争いもあり、昔から仲のいい兄弟とは到底言えなかったが、真頼が父の代理で多くの仕事を仕切るようになってから、さらに真頼を目の敵《かたき》にしている。

「どうした、真頼。調子が悪そうだな」

ふっと目をすがめるようにして、政興が様子をうかがってきた。

「いえ、たいしたことはありませんよ。ゆうべ、寝不足だっただけで」

いくぶん強ばった笑みで、なんとか真頼は答える。

ふーん？　と疑わしげに政興が顎を撫でた。

「寝不足ねえ…。なるほど、親父殿の代理の仕事はずいぶんといそがしいんだろうからな」

あからさまな嫌みだ。

「ええ、まだ若輩ですので、お父さんのようにはこなせません」

「荷が重いようなら、俺たちに任せてくれてもいいんだがな？」

哲生が横から口を挟んだ。優しげな口調で口元には笑みを浮かべ、しかしその眼差しは憎々しげに真頼をにらんでいる。

「どうかお気遣いなく。兄さんたちの手をわずらわせる必要はありませんよ。兄さんたちはどうか、ご自分の会社の方に専心なさってください。そちらの現状をどうにかされてからでないと、他の仕事は手につかないでしょう」

言外に、というか、明らかに、自分の会社一つもまともに回せていないくせに、グループ全体の舵取《かじと》りができるはずがない——、という意味だ。

気の強さでは、真頼も負けてはいない。そうでなければ、オメガの身でここまでやってこられたはずもない。

「なんだと…？　何が言いたいっ？」

顔を紅潮させて哲生が嚙みついてくる。

「……というか、おまえ」

政興がちょっと訝《いぶか》しそうに真頼を眺めた。

「何か妙な匂い、出してないか？　フェロモンみたいな……」

「おいおい…、それじゃ、オメガだろ」

哲生が肩をすくめて言う。

真頼は思わずを息を吞んだ。冷や汗がにじむ。

「まさか…。そんなわけないでしょう」

相手にしていない素振りで笑って返したが、いくぶん顔は強ばっていた。血縁関係にはオメガの効果が及びにくいのか、これまで指摘されたことはなかったが、今日はやはり、どこかおかしい。

……いや、ついさっき、黎司の顔を見たからだろうか。

「香水ですよ。新しいものを試しているので」

平静を装ってなんとか言い訳してみるが、政興はさらに探るように続けた。

「そういえばおまえ、昔からそうだよな。月一くらいで具合が悪くなってなかったか？」

鋭い指摘に、一瞬、真頼は返す言葉を失った。

まずい…、と一気に体温が下がる。

と、その時だった。

「真頼がアルファだろうが、ベータだろうが、オメガだろうが、何でもかまわないが、少なくともおまえらが真頼より能なしのアルファだってことは確かなようだな」

兄弟の後ろから近づいた大きな影が、いきなりそんな辛辣《しんらつ》な言葉を吐く。

あせったように二人が振り返った。

「なっ…、おまえ……、黎司か？」

哲生が驚いたように声を上げる。

財閥関係のつきあいでは、圧倒的に五つの名字《みょうじ》を持つ者が多く、区別がつかなくなるので、たいてい名前で呼び合うことになる。

予想外のことに、真頼もハッと顔を上げた。

ちらっと黎司が真頼の顔を眺め、真頼は無意識に自分の手首を握りしめる。

「能なしだと…？」

政興が表情を変え、低くうめいた。

「あんた、去年も何かの会社を一個、潰してなかったか？　アルファだなんだと言っても、結局、その特性を伸ばせてなけりゃ、意味がないってことだな」

せせら笑うように言い放った黎司に、顔を真っ赤にして政興がわめいた。

「おまえに言われる筋合いはないっ！　おまえこそ役立たずだから、篠院の家を追い出されたんだろうがっ」

「俺は籐院の名前に未練はなかったからな。そんなモノにしがみつかなきゃ生きていけないようなお坊ちゃまでもないんでね」

黎司が軽く肩をすくめる。

「ハッ……！　だったらどうしてこんなところにいるっ⁉　おまえだって何か目的があってのこのこ来たんだろうがっ。誰かのご機嫌を取るために来たんじゃないのかよ⁉」

「そりゃ、目的はある。真頼に話があったんでね」

吠《ほ》えるように言った政興に、黎司がちらりと真頼を見た。

そのまっすぐな視線に、ゾクリと背筋が震える。

反射的に、真頼は目を逸らしていた。

話というのは……まさか。

「それに、ま、たまには親に顔を見せるのも息子の務めだろうしな」

黎司はとぼけるように続けた。

「おまえみたいなのが息子じゃ、苦労が多いだろうぜ。……それにしても、おまえたちがそんなに仲良しだったとは知らなかったな」

どこか疑わしげに、うかがうみたいに政興が真頼と黎司を見比べてくる。

「これから仲良くなる予定だ」

うそぶくように言った黎司に、政興はふん、と鼻を鳴らした。

「なんだ？　篠院には頼れなくなって、こっちにすがるつもりなのか？　落ちたもんだな…。ま、真頼ならうまく丸め込めるかもな」

捨て台詞《ぜりふ》みたいに言うと、おい、ともう一人の兄弟をうながし、政興が離れていった。

黙ったまま見送って、そっと真頼は息をつく。

が、面倒が去ったわけではなかった。

「相変わらず、やっかまれてるみたいだな」

ちらっと二人の背中を眺めてから、何気ないように黎司が口にする。

「みっともないところを見せたな…」

何にしても、真頼としては知らないふりをするしかない。

「ひさしぶりだな、黎司。海外へ留学中だったと聞いたが、いつ帰ったんだ？」

何気ない世間話のように、真頼はあらためて口を開いたが、正直、今すぐ逃げ出したい気分だった。

身体の中でじわじわと熱が溢れ出してくるのがわかる。膝から力が抜けて、今にも身体が崩れそうだ。

それだけでなく、明らかに下肢が熱く濡れ始めている。やはり発情期のせいだろう。この間の夜を思い出して、身体が勝手に暴走を始めている。薬がまともに効いていない。

さりげなく壁に身体をよせて、なんとか支えた。

黎司について、篠院では表向き、留学中、ということにしているようだが、実際にはさっき政興が言っていたように追放されたのか、あるいは自分で出ていったのだろうか。

ただ黎司は、篠院の名前を持っているが、直系というわけではない。現当主の甥《おい》だったか、従《い》兄弟《とこ》の子供だったか、そのあたりだ。

それでもアルファとして生まれたからには、一族の仕事に関わるのが基本だが、どうやら黎司はそれを嫌ったらしい。篠院の中にいれば、安定した未来があり、それこそ会社の一つや二つ、任されていたはずだから、それを捨てたのはやはり変わり者なのだろう。あるいは、よほど自分に自信があるのか。

「帰国したのはつい一週間ほど前だが」

と、ゆっくりと腕を組み、黎司がまっすぐに真頼を見た。

「おまえとはひさしぶり、とは言えないんじゃないかな？」

ハッと一瞬、真頼の息が止まった。

やはり、という思いと、まさか、という気持ちが入り交じる。

だが、あの状態でわかるはずはない。

そっと唇をなめ、真頼はとぼけてみせた。

「どういう意味だ？」

「ついこの間、じっくりと再会を確かめ合ったばかりだろう？　カラダでな」

いかにも意味ありげに言われて、一気に身体が強ばった。

「何の、ことだ？」

しかし真頼としては引きつった笑みを浮かべたまま、しらばくれるしかない。

黎司はそれに鼻を鳴らした。

「正直、俺でも半信半疑だったんだけどな…」

「何の話だ？　くだらない話につきあっているヒマはないな」

話を打ち切るようにして顔を背け、さっさと歩き出そうとした真頼の襟首《えりくび》が強引に引き寄せられ、一瞬、喉が詰まる。

「なっ…、――あ……」

振りほどこうとした腕が押さえこまれ、抱き寄せられて、――瞬間に身体から力が抜けていた。

男の匂い、だろうか。身体が覚えているその匂いに、ドクッ…と全身の血が騒ぎ出す。

「離せ…ッ、何を……」

それでも必死に突き放そうとした真頼の身体をやすやすと押さえこむと、男の手が強引にスーツの襟を引き、右の肩のあたりを剝《む》き出しにした。

「ああ…、やっぱりな」

そして指先で肩の後ろ、首の付け根のあたりをそっとなぞると、小さくつぶやいた。

「おまえ、何のつもりだ…っ？」

ようやく男の腕から逃れた真頼は、その勢いのままなんとか後ろの壁に身体を預け、急いで乱れたスーツを直す。

「覚えてないのか？　おまえの肩のところにあるその痣《あざ》」

「痣…？」

指摘されて、真頼は首をかしげた。指先が確かめるように肩甲骨の上あたりに触れる。

「ガキの頃、俺がおまえに噛みついた痕《あと》だろ、それ」

にやりと言われて、あっと思い出した。

そうだ。五つか六つの子供の頃だった。

こんな交流会の日、どこかの屋敷で他の子供たちとかくれんぼをしていて、一緒に遊んでいた誰かに——黎司に、だ——いきなり噛みつかれたのだ。

それも、何度も。

恐くて、痛くて、わけもわからず、真頼は泣き出していた。あわてて大人が飛んできて、黎司を引き剝がしたのだ。

小さい子供のくせに、相当に強く噛んだらしい。

その時の歯形が、今も肩のあたりに薄い痕になって残っていた。

今にして思えば、うなじでなくてよかった、というべきだろう。ただ、五歳かそこらの頃では、まだアルファだのオメガだのという性差は表には発現しておらず、……そうだ。おそらくその頃から、黎司は乱暴者、というレッテルが貼られたのかもしれない。

確かに、噛み癖のあるアルファなど最悪だ。

その痕は残っていたが、ただ真正面から鏡に向かって見える場所ではなく、真頼もほとんど意識したことはなかった。

それが、今になって。

まるでこの時のためにマーキングされたようだ。

「なぜかな？　この間の夜、俺が引いたエロ可愛《かわい》いジョーカーの同じ場所に、まったく同じ形の痣があったんだが？」

さっと真頼の顔色が変わった。

——失敗した……。

それを痛感する。よりにもよってこの痣を残した男と寝るとは。

「あの時、俺は何度も噛んだんだよな。子供の小さな歯形が重なって、藤の花房のように見える。昔はブドウみたいだと思っていたが」

黎司が小さく笑った。

どうやらおとといの時点で気づいてたらしい。

「何が…、望みだ……？」

じっと男をにらみ、真頼は低く尋ねた。

やはり、オメガである真頼が沙倉之の跡継ぎであることが許せないのだろうか。そこから引きずり下ろしたいのか。

だがそんなことをしても、黎司にとっては何のプラスにもならない。むしろ真頼が当主になれば、その重大な秘密を握ってるのだ。脅して金を要求することはできる。

やはり金だろうか。篠院から距離を置いているのなら、まとまった金が必要だとしても不思議はない。

きつくにらむ真頼を眺め、黎司が顎を撫でた。

「そんな顔をするなよ。別に脅すつもりはない。財閥の跡継ぎ争いには興味もないしな」

あっさり言われたが、そのまま信じられるはずはない。

警戒心もあらわな真頼に、黎司が肩をすくめた。

「まあ、おまえにとってはやっかいな問題だろうが、俺としてはむしろ悪いことじゃない」

そんな言い草にムッとする。

真頼にとっては人生に関わる大きな問題だが、アルファであるこの男にとっては、しょせん他人事だ。

「だから、取り引きをしないか？　おまえが受け入れてくれれば、俺は沈黙を守ろう」

「取り引き？」

いかにも胡散臭《うさんくさ》い。

「ああ。交換条件と言った方がいいかな。プライベートなテスト、というか、ちょっとしたモニターをしてもらいたい」

「プライベートなテスト?」

さらに胡散臭さが増す。だが予想外の方向性に、ちょっととまどった。

「そう。多分おまえにとっても悪い話じゃない。実は俺はヒートの新しい抑制剤…、いや、もっと身体に優しい抑制器を研究しているんだが、その臨床データをとりたいんだ。だが発売前に情報がもれて、どこかに抜け駆けされるのは困る。おまえならその心配がなさそうだからな」

「抑制……器?」

真頼はわずかに目を見開いた。

興味がないはずはない。今、真頼が飲んでいる抑制剤は副作用も疑われているし、効き目にしても限定的だ。各社が新しい開発にシノギを削っているのが現状だった。

真頼も常に新しい薬はチェックしている。沙倉之の関連企業にも研究を進めさせているが、沙倉之は薬剤関係はそれほど強くない。

「薬じゃなく…、器具、なのか?」

「そうだ。だから副作用はない。一応な。だが、そのあたりも調べたいところでね」

真頼はちょっと考えこんでしまった。

その間に、黎司が近づいていたらしく、いきなり腕をとられて、カーッと全身が熱く火照る。

「なっ…、おい…っ」

あせって振り払おうとした真頼の耳元で、男がささやくように言った。

「今、ヤバいんだろう？　ちょうどいい。現物の試作が俺の部屋にある。見にこい」

真頼は荒い息を整えながら男をにらんだが、ここから出るにはいいタイミングなのも確かだった。

「真頼様…！　どうされましたか？」

高級車の並ぶ駐車場へ出ると、待っていた水尾がめざとく近づいてくる。真頼を抱えるようにしている黎司に、いくぶん鋭い視線を向けた。

「ああ…、少し気分が悪くなったらしい。俺が送っていく」

それに有無を言わさない口調で黎司が答えた。

「しかし…！」

「大丈夫だ。あとで……連絡を入れる。車を返しておいてくれ」

めずらしく食い下がろうとした水尾に、真頼は言った。一瞬驚いた顔を見せたが、それでも言葉を呑んで、水尾がうなずいた。

「はい。どうか…、お気をつけて」

それだけ言葉を押し出す。

水尾の目には、明らかに発情しているのがわかったはずで、その状態で他の男に——しかもアルファと同行する真頼に驚いたのだろう。

「あの男は何だ？」

黎司の車に乗せられ、走り出してから、バックミラーの中に映る水尾をちらっと見て黎司が尋ねた。

「秘書だよ」

「おまえがオメガと知ってるのか？」

「ああ……」

ふぅん、と妙におもしろくなさそうに黎司が鼻を鳴らす。

「よく我慢できるな。発情中のおまえのフェロモンを間近で受けるんだろう？」

「薬は飲んでいる。今まで問題はなかった。……どうしてか、おまえにはあまり効いてないようだがな」

やはりアルファのせいかもしれない。

ぐったりと助手席のシートに身体を預け、答えてからハッと真頼は気づいた。

「おまえこそ、大丈夫なのか？　こんな狭い場所で……私と一緒で。手元を狂わされて心中なんてことにはならないだろうな？」

「大丈夫だろう。俺も薬は飲んでいる。オメガのフェロモンを遮断するやつだ」

さらりと言われて、真頼は思わず目を見開いた。

「どうして……、そんなもの」

そんな薬があるとも知らなかったが、そんなものを飲む意味もわからない。

結局のところ、アルファからすれば本能に任せてオメガを襲ったとしても、それだけのことだ。

オメガに妊娠のリスクはあるが、アルファの方は飽きれば捨てればいい。……実際、そんなふうに遊んでいるアルファは多いはずだ。

「オメガに人生を狂わされたくないからな」

あっさりと答えられ、なるほど…、と真頼はうなずいた。

つまり、理性をなくしてうっかり番《つがい》になったりすると、輝かしいアルファとしての人生設計が狂う、ということだろうか。

結局はこの男も傲慢なアルファの一人に過ぎない。

「実はおとといの晩も飲んでいたんだがな…。ジョーカーの威力がどんなものか、クラブにはそれを確かめに行ったんだよ」

苦笑するように言われ、真頼は思わず声を上げた。

「だったら危ないだろう!?」

あの晩、この男にしても抑制できていた気はしない。

「今日は倍飲みしてる。それに、おまえ以外のオメガにはちゃんと効いていた。……おたがいさまというわけだな」

ちらっと真頼を横目に、黎司が小さく笑った。

そしてさらりと続ける。

「どうしておまえには効かないんだろうな？」

問い、というよりは独り言のようでもあり、どこか意味ありげで、……答えはすでにわかっているような調子にも聞こえた。

おたがいに抑制の効かない相手――。

ふっと、真頼の脳裏にもその言葉が浮かぶ。

――まさか、これが運命の…？　とか言うつもりではないだろう。

バカバカしい、おとぎ話だ。

車はそのまま都心へ入り、一時間ほどで見知らぬマンションへ到着した。

篠院本家の豪邸というほどではないが、かなりの高級マンションのようだ。

篠院の家を出た、と言いつつ、やはり金はもらっているのか？　とちょっと侮る。

まあ、そもそも金がなければ、例の「クラブ」へ出入りできるはずもないが。

「これだ」

高層階の部屋へ入り、リビングで黎司が取り出して見せたのは、――プラグ、のようだった。

かなりリアルに男の形が模《も》されている。サイズもそこそこ大きい。

「これを発情期間中、尻に入れておく」

さらりと言われて、真頼は目を剝いた。

「ふざけるなよ…！」

一瞬、からかわれたのだと思った。

「ふざけた話じゃない」

思わず席を立ちかけた真頼に、しかし黎司は穏やかに続けた。

「結局、尻の奥が発情の中心だからな。そこをコントロールする。仕組みは……企業秘密だがな。発売前に沙倉之でやられたら困る」

淡々と説明されて、真頼はちょっとうかがうように男を見た。

「おまえが研究して作ったのか？」

そんな研究者肌の男とは思えないが。

「いや、作ったのは友人の研究者だ。俺はそれに出資しただけ。営業とプロモーション担当だな。まだ臨床試験中だが、かなりうまくいっている。実用化の目処《めど》もつきそうだしな」

そんな言葉に、真頼はあらためてテーブルに置かれた箱の中のプラグを見つめてしまう。

かなり大きめの…、リアルな形だ。

そんなものをずっと入れていたら、むしろ感じてしまいそうだが……。

「何にしても、おまえにノーとは言えないはずだが？」

にやりと口元で笑って言われ、真頼は大きく息をついた。

……そうだった。これは取り引きなのだ。そして真頼の方は断ることはできない。

「これを使ってモニターになれば、おまえは沈黙を守るということか？」

「ああ。俺は別に財閥の跡取り問題なんぞに興味はないからな」

確かに、そんな感じだった。

「今から、入れてみろ。ちょうどいい具合に発情してるみたいだしな」

おもしろそうに言われて、ムッとしながらも、覚悟を決めて真頼は立ち上がった。

「わかった。では、バスルームを……」

「俺の目の前でしてほしいね。俺も装着の具合を確かめておきたいし？」

「なっ…、おまえ……っ」

思わずにらみつけた真頼に、黎司が軽く言った。

「今さらだろう？　俺はおまえの体中、すでに見せてもらっているわけだから」

確かに、そうだ。

唇を嚙み、仕方なく真頼はテーブルのプラグに手を伸ばした。

が、一足早く、黎司が摘み上げる。

「いや、最初は俺が入れた方がいいな」

そう言うと、強引に真頼の身体を引き寄せた。

「やっ…、離せ……っ」

とっさに払いのけようとしたが、ソファの上に押さえこまれ、強引にズボンが脱がされる。

「ああ…、すごいな。どろどろじゃないか。よく園遊会で涼しい顔をしていられたものだ」

感心したようにつぶやかれたが、そもそもこの男の顔を見るまでは問題なかったのだ。

「――ひ…ぁっ…、あぁぁ……っ！」

無造作にヒクつく襞が掻き分けられ、指を突き入れられて、身体の芯を走り抜けた快感に真頼は腰を跳ね上げる。

「アッ…アッ…、……くっ…ん…っ」

それでも与えられる快感に身体はとろけ、夢中で男の指を味わった。何度も掻きまわされ、物足りなさに奥が疼く。入れてくれっ、とプライドもなく口をつきそうになる。だが言わなくても、ソファの上でいやらしく腰だけを突き出し、淫らに身体をくねらせていれば同じことだろう。

「ハハ…、俺のを入れてやりたいが、今日はこっちがメインだからな」

ぐちゅ…ぐちゅ…、ととろけた襞をさらに舌先で濡らしてから、ようやく男がその器具をあてがった。

「あ……」

ひやりとした感触に、真頼は一瞬身をすくませる。

そのまま小さなストッパーのついたプラグが根元まで押し入れられ、馴染ませるように軽く腰がもまれた。

「んっ…、あ……」

知らず、甘い声が鼻から抜けていく。

おそるおそる中のモノを締めつけてみると、吸いつくように粘膜に固定され、不思議なほどしっくりと真頼の中へ収まった。

「どうだ？」

男の声を聞きながら、真頼はそっと息を整えた。

心なしか、少し気持ちも……身体も落ち着いたような気がした。こう、締めつけていなくても中に収まっている安心感、みたいなものを覚えてしまう。

「しばらく……、試してみないと何とも言えないな」

それでも慎重に真頼は答えた。

だが本当に使えるようなら、沙倉之が代理店になってもいい。そんな計算が頭をめぐるくらい理性はもどってる。

ああ、と黎司がうなずいた。そして唇でにやりと笑う。

「実はこの抑制プラグな。副作用は確認されていないが、反動が出ることがある」

「……反動？」

不穏な言葉に、真頼は低く聞き返した。

「そうだ。装着している間は、ほぼ完璧に発情を抑えておける。フェロモンもな。まわりに影響を与えることはない」

それが本当なら仕事に支障が出なくてありがたい。

「だが一日装着していると、寝る前に抜いた時、爆発的にヒート状態になることがある。通常よりも強烈にな」

「そんな……」

真頼は思わず息を呑んだ。

そんなことになれば、一人でなだめられる自信はない。結局は、クラブへ行って発散させるしかないということだ。ただ、仕事中に抑えられるのなら、使う価値はある。

考えこんだ真頼に、黎司がにやりと続けた。

「心配するな。アフターケアは万全だ。そうなったらここに来ればいい」

同じ相手と二度——いや、もう何度も、だ——身体を合わせたのは初めてだった。
発情期の間、真頼は抑制器を使用し、確かに効果はあったように思う。昼間はほぼ完璧に発情を抑え、仕事に集中できるようになっていた。

だが言っていたように、反動もすさまじかった。

初めて装着した時は、さほど長い時間ではなかったせいかあまり感じなかったのだが、翌日はプラグを抜いたとたん、それまでの発情がほんの前戯に思えるほど、激しい渇望と欲求が体中に渦巻いて、まともに立っていられないほどだった。

状態を確認したいから、仕事が終わったら必ずここに来い――、と厳命されていたので、真頼としては問題がないことを示すつもりで、仕事のあと黎司のマンションへ立ち寄っていた。モニターであれば、これも取り引きの一環だ、と割り切って。

「すぐにもどる。少し待っていてくれ」

と、その時は、家に帰るつもりで水尾を車で待たせておいた。

だが、とてもそんな状況ではなかったのだ。

「見せてみろ」

部屋に入った真頼は、待っていた黎司に楽しげにうながされ、反射的にきつくにらみつけた。

「おまえと寝にきたわけじゃない」

「患者が医師に状態を診せるようなものだろう?」

しかし正論で言われて、真頼は羞恥をこらえながら男に背を向けると、そっとズボンを引き下ろした。そして、下着を。

「ああ…、サイズ感はよさそうだな」

背中に近づいた男が、無造作にプラグのストッパーを摘み、軽く動かす。

「ん…っ、あっ……」

ずくん、といきなり腰の奥で生まれた甘い熱に、真頼は倒れかかるようにそばのソファに背に手をついた。危ういような疼きが中心にたまってくる。

「抜くぞ」

低く言われてから、ゆっくりとプラグが引っ張られた。

「あ……」

ずるり…、と少しずつ中を埋めていたモノが失われていく感触に、真頼は目を閉じる。知らず息が荒くなる。

やがてすべてが抜き取られ、深い息をついた。

「具合はどうだ？」

「ああ…、大丈夫だ……」

聞かれて、真頼はそっと吐息で答えた。

大丈夫だ。一日、自分の中にあったモノが消えて、妙に物足りなさというか、落ち着かない気がしたが、問題はない。そう思っていた。

だが、ヒートは急激に襲ってきた。

パッ、パッ…と身体のいたるところで火照るような熱が弾けたと思ったら、身体の奥から爆発するような熱が噴き上げる。

「アッ、アッ、アッ…、は…ぁ…っ、あぁ…っ、……あぁぁぁぁ……っ！」

足に力が入らず、真頼はリビングで男の足下に崩れ落ちていた。熱い。苦しい。

爪が絨毯《じゅうたん》をかきむしり、無意識に引きちぎるみたいにして自分のネクタイをむしり取る。しかし指先にもまともに力が入らず、熱いのに自分でスーツを脱ぐこともままならない。

「いや…っ、なん…で……っ」

這うように絨毯へ倒れたまま、必死にシャツの下から手を入れて、自分の胸を慰める。すでに尖りきっていた乳首をきつく摘み、もう片方の手でもどかしくズボンのファスナーを引き下ろすと、硬く形を変えていた自分のモノを夢中でしごき上げる。

「あぁっ、あぁっ、ダメ…ッ、ダメ……ッ」

だがとてもそんなものでは収まらなかった。獣みたいに腰を突き上げ、浅ましくねだるみたいに振りながら、自分の指で後ろを慰めようとする。

しかしまともに服を脱ぐこともできないまま、真頼は絨毯の上でみじめに身悶《みもだ》えた。

「いやぁ…っ、こんな……っ」

泣きながらうめいた真頼の前に、黎司がそっと膝をつく。

「だから言っただろう？」

小さなため息とともに口にすると、絨毯に腰を下ろし、熱くのたうつ真頼の身体を引き寄せた。

「あっ、あっ……、やぁっ…、あぁぁ……っ」

何も考えられないまま、真頼は男のシャツにしがみつく。

「真頼、大丈夫だ」

なだめるように言われたが、大丈夫なはずがない。

黎司がどうにか真頼のスーツを脱がせると、シャツのボタンを外し、ズボンを膝のあたりまで引き下ろす。

しかしその間にも、真頼はつかみかかるようにして男の身体に自分の肌をこすりつけ、快感を貪った。

「あぁっ、いいっ、いい…っ、もっと…っ」

ぐちゅぐちゅ…と男の手が真頼の先走りにまみれた中心をこすり、片方の乳首をいじりながらもう片方を甘噛みする。

「あ…んっ、あぁっ…んっ、——いいっ、いい…っ」

与えられる快感に、陶酔に理性も思考も吸いこまれた。それでも貪欲に、身体は先を求める。

ぜんぜん足りなかった。

「真頼…」

いったん離れた男の手が真頼の頬を包み、唇が引き寄せられる。

「んっ…、あ……」

わけもわからないまま、真頼は無意識に腕を伸ばし、男の首にしがみついた。

一瞬、そのまま唇が触れたかと思ったが、寸前で男が手を止める。焦点を失った真頼の目を見つめ、優しく頬を撫でてから、腕の中に深く抱きしめた。

「俺も今日は薬を飲んでいない。最後までつきあってやるよ。薬がなけりゃ、おまえを抱き潰す自信があるからな」

耳元に、からかうようなそんな声が落ちる。

背筋をたどった男の指が喪失感に疼く後ろへ入りこみ、中をこすり上げる。

「あぁぁ…っ！　あ…ん…っ、あぁ…っ」

真頼は自分から膝を突き、腰を持ち上げて、さらに奥までその指をくわえこんだ。

「だめ…、だめ…っ、もっと……っ」

男の首にしがみついたまま、真頼はねだる。

「ああ…。入れてやるよ」

真頼の髪を撫で、かすれた声で男が言ったかと思うと、待ち望んでいた熱が下から身体の奥を突き上げた。

「あぁぁぁぁ…………っ！」

あまりの快感に、一瞬、意識が飛ぶ。

しかしさらに深く、えぐるように突き入れられて、真頼は自分から腰を振り立てた。

そのまま何度も達し、シャツもズボンもどろどろになる。それでも満足できない真頼に、男が激しく腰を揺すり上げ、真頼はただ淫らにあえぎながら快感に酔った。

と、ふいに男が動きを止めたのに気づき、と同時に遠く、携帯の着信音が耳に届く。

しかしかまわず、真頼はねだるみたいに腰を動かした。自分から淫らに腰を上下させ、硬い男のモノで中をこすり上げる。感じる部分に先端を当て、夢中で味わう。

「——あっ…んっ、あぁっ、あぁっ……、あたる…っ、あたる……から…ぁ…っ、そこ…ぉ…っ、あっ、あっ」

まともな意識もないまま、恥ずかしい言葉が口から溢れ出す。

その間に、男は真頼の携帯を引き寄せて応答していた。

「ああ…、君か」

いくぶんかすれた、しかし冷静な声だ。

「いや、真頼は今夜は帰れないな。明日、迎えに来てくれ」

おそらく水尾が帰ってこない真頼を心配して連絡を入れたのだろう。だが今の状況は理解できたはずだ。あえぎっぱなしの真頼の淫らな声は、間違いなく水尾の耳にも届いている。

だがそれを恥ずかしいと思う感覚もなかった。

「ああ、それと、真頼の明日の着替えを持ってきてくれ」

それだけ言って、黎司は通話を終える。

「ダメ……、まだ……っ」

動きの止まっていた男に焦れて、真頼は泣きそうになりながら男の胸に爪を立てる。引きちぎるようにボタンを外し、男の肌に直《じか》に頬をすり寄せる。

その熱に触れ、匂いを全身に吸いこんで、カーッと内側からさらに火照ってきた。ドクドク…と体中が大きく脈打ち、あとからあとから湧き出すような疼きが止まらない。

「ぶっ飛んでるおまえも可愛いが…、明日が恐いな」

ちらっと笑って言った男の言葉は、なかば耳に入ってはいなかった――。


交換条件でなければ、プラグを使うのはヒートを抑制する方法としての一つの選択肢でしかない。

しかし実際に使ってみると、仕事のことを考えれば、薬よりも遙かに効果はあったし、内科的な意味での副作用の心配がないのは利点だった。

反動は大きかったが、それはそれだけの作用だ。相手がいれば、問題はない。まあ、ピークの時などは、翌朝の出勤が少しばかり遅れることもあったが。

肉体的な疲労はともかく、思いきり乱れたら、翌日は意外と吹っ切れたように頭もスッキリとして仕事もはかどった。薬を使うと、どうしても朦朧としてしまうことがあったのだ。

半年ほどがたち、結局、発情期の間、真頼は仕事のあとは黎司のマンションに泊まり、男にプラグを抜いてもらって、そのまま激しいセックスをする――、というのがパターンになっていた。

これまで通り、クラブに行ってもよかったのだ。ただそれだと、おそらく一晩で二、三人は相手にしないと満足できない。だが黎司であれば、一晩抱いてもらえれば身体は満たされた。

自分でも何が何だかわからないくらい夢中になっていたし、何度達しているのかもわからない。おそらくイキっぱなしなのだろう。

それでも、それだけ肌を合わせていると、いつの間にか男の存在にも慣れてくる。発情期以外の期間でも、食事をするくらいのつきあいにはなっていた。

いろんな状況を試すモニターの一環だと、昼間に仕事を休まされ、強引に外へ連れ出されたこともある。……まるで、普通のデートみたいに。

一日中、家の中でこもって二人で過ごしたこともあった。発情期でも、そうでない時にも。

もちろん発情期でなければセックスはしなかったが、逆にセックスの介在しない時間は妙に気恥ずかしい気もした。

結局のところ、黎司にとって自分はただの実験台に過ぎない。それはわかっていたが、一緒にいる心地よさに慣れてしまう。

秘密がバレないようにずっと気を張ってきた真頼にとっては、秘密を知っている相手の前で無防備でいられる感覚は、本当にひさしぶりだった。

そしてそのことに、少し不安を覚え始めていた。

いつまでもこの状態が続くわけではない。

モニターでの十分なデータがとれれば、この関係は終わる。そうでなくとも、モニターが真頼一人ということはあり得ないのだから、いつ終わっても不思議ではない。

黎司の部屋に泊まった朝、たまに黎司が電話で仕事の話をしているのを何度か耳にした。

どうやら海外ではすでにいくつかの会社を興しているらしく、このプラグ型のヒート抑制器、そして対オメガとしての抑制剤——というより、抵抗剤、と言うべきかもしれない——を柱に、新たに製薬とヘルスケアのメーカーを立ち上げるつもりのようだ。

おそらくその会社は成功するだろうし、今の社会において、人々の生き方を変える大きな転換をもたらすものになるかもしれない。

どれだけ金と権力があったとしても、どの財閥にもなかった視点だ。

いや、見ようとしていなかったのかもしれない。今のバランスが、財閥にとっては都合がよいからだ。

絶対的なアルファの家系がすべてを支配する社会。

その中で、オメガである真頼は必死にあらがってきた。証明するつもりだった。

自分が沙倉之を支配することで、アルファでなくとも社会を動かせるのだ、と。

だが黎司は、抑制器を広めることでそれを可能にするのかもしれなかった。

真頼が必死にやってきたことを、軽々と越えようとしている。

仕事に対して、黎司は自然体だった。

籐院の傘から離れ、自由に、気負いもなく、自分の興味の向くまま仕事を楽しんでいる。

そんな姿をうらやましいと思ってしまう自分に気づいて、ふいに息苦しくなった。沙倉之の跡継ぎである自分が。誰からも羨望の目を向けられるはずの自分が、だ。

「この抑制器の事業が成功すれば、おまえも籐院を見返すことができるんだな…」

ふっと、そんな言葉が真頼の口からこぼれ落ちていた。

発情期も終わりに近づいた頃で、ようやく身体も落ち着き始めていた。プラグを抜いたあとも、もちろん欲求はあったが、一時期の狂ったような渇望はない。

この日は翌日が休日で、朝、目覚めたあとも真頼は黎司のベッドで身体を伸ばしていた。

少し自堕落になったな…、と自嘲する。

今までまともな休日などとることもなく突っ走ってきた。会社は休みだったとしても、家でずっと仕事をしていた。だがこのところ、頭を空っぽにしてただ寝転んでいる時間が少し増えた。

……まあ、さんざんやりまくったあとだ。何にしても身体を休める必要はあったが。

先に起きていた黎司が様子を見にきたところで、真頼はシーツに横たわったまま口を開く。

「ああ…、起きていたのか」

そんな言葉とともに黎司が真頼の枕元に腰を下ろし、ひやりと冷たいものが頬に押し当てられる。ミネラルウォーターのペットボトルだ。

傲岸不遜な性格なくせに、意外と細かい気遣いはできる男だ。手を伸ばしてそれを受け取り、真頼はいくぶん乾燥していた喉を潤した。

もどしたペットボトルを受け取りながら、男が指先でそっと、濡れた真頼の口元を拭《ぬぐ》ってくれる。

じっと見つめる視線に真頼は落ち着かなくなった。

「……見るなよ。また熱がぶり返したら面倒だ」

視線を逸らしてむっつりと言いながらも、唇には男の触れた指の感触がジン…と残ってしまう。

ふと、気がついた。

「そういえばおまえ、キスはしないんだな…」

激しいセックスの最中でも、唇にされることはない。多分唇が触れたのは、最初にシャンパンを飲ませてもらった時くらいだ。

「キスは禁止なんだろう？　ジョーカーには」

どこかとぼけるように黎司が答える。

「今さらか？　ここはクラブでもないし、私もジョーカーではない」

あの日以来、ジョーカーはクラブから消えていた。必要がなくなったのだ。

「まぁな…」

それに男が苦笑する。

「いつまで…、これを続けるつもりだ？」

顔を背けたまま、そっと息を吸いこんで、強いて淡々と真頼は尋ねた。

「おまえこそ、どうするつもりだ？」

それに冷静な声が返る。

「どうするとは？　まあ、おかげで使い勝手はわかった。正式に製品化した時には、最初の顧客になってもいい。……まあ、反動を抑えるには、またクラブへでも行く必要はあるだろうが」

あえて何でもないように、真頼は言った。

黎司はすぐには答えず、わずかに沈黙が落ちる。

やがてそっと髪が撫でられる気配に、真頼は小さく息をつめた。

「もっと根本的に解決する気はないのか？　プラグを使わなくとも、番《つがい》になれば落ち着く」

「ああ…」

そういえば、そうだ。そんなあたりまえなことも頭になく、ちょっと笑ってしまう。

ヒート自体はなくならないにしても、相手が決まればまわりに影響を及ぼさなくなる分、当然仕事はしやすくなるだろう。

——ただ、それは。

「俺と番になる気はないか？　相性は悪くないと思うが」

さらりと耳に届いた声に、えっ？　と一瞬遅れて、意味を理解する。

反射的に振り返り、思わず男を凝視《ぎょうし》した。

本気というにはあっさりとしすぎ、からかっているというには落ち着いたトーンだ。

「おまえが欲しい。おまえも…、俺が必要だと思うが？」

まっすぐに見つめ返してくる視線に、ドクッ…と胸が鳴った。

「バカな…」

しかし真頼は冷笑した。

「番になってどうしろと？　沙倉之を捨てろと言いたいのか？」

今までの血のにじむような努力も、苦労もすべてを無駄にして。

突発的な怒りに駆られ、真頼はきつく男をにらみつけた。

軽く言ってくれる。しょせん、この男にとっては他人事《ひとごと》なのだ。

自由気ままに好きなことができる、アルファの言い草だった。結局、この男もオメガはアルファに隷属するモノだと思っている。それが幸せだと。

余計な、お世話だった。

「沙倉之か…。俺と番になることは沙倉之を捨てることになるのか？　おまえがアルファだろうがオメガだろうが、おまえが今まで沙倉之を支えてきたことは事実で、それが変わるわけじゃない」

落ち着いた声で言われ、真頼は思わず息を呑む。

……うれしい、言葉のはずだった。それを認めてくれる人間がいるとは思っていなかった。

だが、それは。

「きれいごとだ」

無意識に目を閉じ、真頼は吐き捨てた。

結局、真頼がオメガだとまわりに知られたとたん、一族からは追放され、今まで一緒にやってきた社員たちの自分を見る目も変わるだろう。哀れみと、侮蔑と。騙《だま》されていたのだ、という怒りと。

「そうかな？　おまえが一番、自分がオメガだということに囚《とら》われているように見えるが」

静かな言葉が鋭く胸に刺さる。

それでも真頼は言葉を押し出した。

「おまえには、わからない…！」

アルファとして生まれた男には。

ギュッと手を握りしめる。

知られる不安を押し殺しながら、必死でやってきたのだ。その思いをえぐられるようで、キリキリと胸が痛む。

「まあ…、おまえなら、一生オメガだということを隠して生きられるのかもしれない」

そっとため息をつくように、黎司が続けた。

「だがそれは、おまえがつらいだけじゃないのか?」

「私が選択した道だ」

まっすぐな眼差しを見つめ返し、真頼はきっぱりと言った。

「そうだな」

黎司がうなずく。

「俺が…、一言口にすれば終わる道だが」

挑むような、試すような口調だった。

「おまえが口にすればな」

ずるいのだと思う。心のどこかで、真頼はこの男を信用していた。

黎司は、きっと自分がオメガであることを口にしない。これからも沈黙を守ってくれる。

大きく息をつき、黎司が頭を掻いた。

「実験は終了だ。……いいデータがとれた」

「ああ…、なによりだ。いい製品ができるのを祈っているよ。私も顧客になるだろうからな」

穏やかに口にしながら、真頼はそっとベッドから立ち上がった。

脇のローブを裸の身体にまとい、寝室を出る。

……最後なのだ、と、ふっと何かが大きく胸に迫ってきた。

いつの間にか馴染んでいた、この男の部屋も。

ここに来るのも、これが最後なのだ、と。

悪い取り引きではなかった。

冷静にそう思う。

しかし何かがいっぱいになって、息苦しく胸を塞《ふさ》いでいく。

「ああ…、今のプラグは持っていってかまわない。他の人間に使えるモノじゃないしな」

それはそうだ。

かすかに笑ってしまう。

「沙倉之の販売網を使いたいのなら、いつでも言ってくれ」

振り返らないまま、真頼も淡々と返す。

携帯で迎えを頼むメッセージを送り、シャワーを浴びて、服を着ると、水尾からの返事を待って部屋を出る。

声は出なかった。だがエレベーターの中で、いつの間にか涙が頬を伝っているのに気づく。

浮かれていたのかもしれない。

初めて、秘密を持つ必要のない相手との気楽な時間に。

身体も、心も満たしてくれる相手の存在に。

油断していたのだ。

生まれてからずっと、自分は戦場の中にいるのに。

終わることのない、戦いの中に。


異変に気づいたのは、黎司と会わなくなってふた月ほどした頃だった。

いくぶん遅れ気味になっていた仕事の慌ただしさに取り紛れて、真頼自身は気がついていなかった。

水尾が先に気づいたのだ。

「お身体は…、大丈夫ですか?」

そんなふうに聞かれて。

一瞬、意味がわからなかったが、「例の期間がこのところ来られていないようですので」と小さく指摘され、あっと思い出した。

そういえば、しばらく発情期が来ていない、とようやく気がついた。

思い当たる理由は、一つしかなかった。

「妊娠、したようだな…」

匿名で受けた検査結果は陽性で、真頼としても事実を受け入れるしかない。

「黎司様の、ですか…？」

固い声で確認されたが、実際、他には考えられなかった。

避妊薬は飲んでいたつもりだったが、頭がぶっ飛んでいてそのままなだれこんだ時も何度かあった。

「どう…、されますか？」

そっと水尾が尋ねてくる。

妊娠となると、さすがにその身体の変化を隠しておくことはできないだろう。

まわりにはっきりと知られる、ということだ。

自分がオメガだということを。

どうにか――しなければならない。

「海外に行っているという名目で、ご出産までどこかで静かに過ごされるとか…」

「そうだな…」

水尾の提案に、真頼は無意識に、まだほとんど目立たない腹部にそっと手を当てた。

堕ろす――という選択肢はない。小さな命を殺すことはできない。

だが、現在沙倉之の当主代理として務めている仕事も多い真頼が、そのすべてを放り出して何カ月も姿を消すなどということが許されるかどうか。

それだけで、当主としての資格がないとみなされてもおかしくない。

父のように、病気静養を名目にしても同じことだ。そんなに大変な病気ならば、沙倉之の当主としての激務など担えない。他の誰かに譲り渡して、ゆっくりと静養しろ、と言われるのは目に見えている。

なんとか乗り切るしかなかった。

「来月の交流会は…、沙倉之の主催だったな。そこで留学か静養かの発表をする」

腹を決めて、真頼は言った。

兄弟や一族の反発や不審が起こるのは予想できる。少なくとも、真頼がいない間、他の人間を代理におく必要があるのだ。名乗りを上げた兄弟の誰かに押し切られ、そのままのっとられる可能性もある。

だが、他に方法はない以上、それまでに準備を進めておくだけだ。真頼がいなくても、問題なく仕事は進められるように。

桜の季節でもあり、財閥の交流会は沙倉之の本家で行うことにした。いたるところで桜が咲き乱れる広い庭も開放し、観桜会の形になる。

真頼の主催になるが、会場の準備や食事の手配などは、すべて女主人としての母の采配だった。五大財閥の交流会では、そのパーティーの成功こそが、正妻たちの誉《ほま》れなのだ。

そんな女たちの見栄の張り合いに関わる気はなく、真頼も会場についてはすべて任せ、自分が隠れている間の仕事が動くように準備を進めた。

そして、当日――。

真頼もさすがに緊張していた。

多くの客たちを出迎えながら、ここをうまく乗り切らなければ…、とあせる心をなんとか抑える。

だがその客の中に黎司の姿を見た時には、さすがに驚いた。もちろん、身体の関係が切れたからといって、一族でのつきあいが変わるわけではなかったが。

特に招待してはいなかったが、仮にも籐院の端くれだ。入りこむのはたやすいだろう。

自分のお腹にいる子供の父親なのだ…、と思うと、少し落ち着かなくなる。

「真頼…、話がある」

「終わってからにしてくれないか。今日はいそがしい」

そっと耳打ちされ、しかし真頼は、それをことさら冷たく振り払う。

黎司に妊娠のことを告げるつもりはなかった。

そして主催者としての役目を果たしながら、パーティーも終わりに近づき、最後に真頼の客への挨拶の時間がとられる。桜の咲き乱れる庭先で、財閥の重鎮たちの視線の真ん中に、真頼は立った。

このタイミングで、少し仕事から離れることをうまく告げるつもりでいた。リフレッシュ休暇、のような形を考えていた。

しかし真頼が口を開こうとした時、いきなり兄の政興が真頼の前に立った。にやにやと、いかにもおもしろそうに真頼の顔を眺めてくる。

「政興兄さん…？」

とまどった真頼にかまわず、政興は客たちに向き直って大きく声を上げた。

「今日は、沙倉之の次期当主としての重責を担う弟に、大きなサプライズプレゼントがあるんですよ」

真頼からするといかにも怪しかったが、招待客たちはその趣向をおもしろがっているようだった。

大きな拍手が起こり、真頼としても微笑んでうなずくしかない。

「何でしょうか。ドキドキしますね」

穏やかに口にしながらも、いい予感はしなかった。何か、狙いがないはずはない。

「これだよ」

にやっと笑って真頼に言うと同時に、どうぞ！　と手を伸ばして大きく招き入れる。

客たちを割って開いた道から現れたのは、一人の女性だった。同じ年くらいでなかなかの美人だったが、見覚えはない。

「どなたでしょう？」

首をかしげて尋ねた真頼に政興がにやりと笑った。

「おまえの花嫁さ」

「え…？」

さすがに真頼は絶句した。

「椿屋美玲《つばきやみれい》さん。もちろん、アルファだ。おまえと同じな」

悪意に満ちた笑み。

政興は、試そうとしている。あるいは、すでに政興は確信しているのだろう。真頼がオメガだということを。

花嫁をあてがい、結婚ということになると、二人きりの寝所でアルファである妻の前に、真頼の属性が隠しておけるはずはない。

そして財閥の中では、とりわけ当主や跡継ぎなどの立場にいる人間はこうした政略結婚は普通だった。

身元の確かなアルファが選ばれる。だが、こんなに年の近いアルファの女性が椿屋の一族にいたとは記憶していなかった。

先まで系譜をたどって見つけてきたのか、あるいはどこかで見つけて椿屋の養子にでもしたのか。

いつの間に段取ったのか知らないが、椿屋としても悪い話であるはずがなく、こんな茶番に乗ったのだろう。……あとで裏切られるとも知らずに。

しかし一般に財閥同士の婚姻であり、おめでたい話で、まわりからは歓声と拍手が湧き起こった。

よろしくお願いいたします、と女性に丁寧に頭を下げられ、しかし真頼は答えることができなかった。

――これは、無理だった。

そうでなくとも今の自分の身体では。

「やはり当主の正妻はアルファでないと。アルファの子供を産んでもらうにはな…」

横から哲生がニヤニヤとしながら声を上げる。

「どうした、真頼？　お兄ちゃんの心遣いだぞ？　礼の一つも言えないのか？　それとも…、何か不都合でもあるのかな？　まさか、女性に恥を掻かせるつもりはないだろうな」

政興が真頼の肩を抱くようにして、勝ち誇った笑い声を立てる。

――どうする…？

浅く息を継ぎ、真頼は身体を強ばらせた。

とりあえず、ここは受け入れるしかないか……。

その時だった。

「それは無理だな。そのお嬢さんには申し訳ないが」

いきなり客の中から声が上がり、客たちがいっせいにその声の主を振り返る。

注目を集めていたのは——黎司だ。

「何…？　無理というのはどういうことだっ？　おまえには関係のない話だろうがっ」

ゆっくりと前へ……真頼の方に向かってきた黎司に、政興が嚙みつくように声を荒らげる。

「無理というのはできない、ということだ。日本語もわからないのか？」

からかうように軽くいなしてから、黎司がまっすぐに真頼を見た。

「真頼の伴侶になる人間はもう決まっている。……俺だからな」

「あ……」

真頼は吸いよせられるように黎司を見つめた。目が離せなくなる。

「ハッ…、バカな…。何を言い出すかと思えば。おまえが真頼と結婚できるわけがないだろう」

あきれたように嘲笑した政興の顔を見上げ、黎司がにやりと笑った。

「できるさ。実は俺は…、オメガなんでね」

さらりと言った言葉に一瞬、空気が止まった。

そして次の瞬間、一気に驚愕《きょうがく》したざわめきが広がった。

「お…、おい、黎司っ！」

「おまえ、何をバカな…っ」

籐院の一族だろう、あせったような声。

「オメガ…？　え、オメガなのっ？」

悲鳴のような、おもしろがるような声。

「何だよ…、俺たち、今まで騙されてたのか？」

侮蔑と嘲笑の声。

「おい、黎司っ、嘘《うそ》をつくなっ！」

政興があわてたように声を上げる。

「わざわざそんな嘘をつく必要があるのか？」

つらっと返した黎司に、反論の言葉もなく政興が押し黙った。

確かに、わざわざオメガだと嘘をつくような人間はいない。いない、はずなのだ。

「沙倉之の方々には申し訳ないが、俺と真頼とは…、ああ、いわゆる運命の番ってヤツでね。離れられない」

堂々と口にしながら、男が真頼の前に立つ。

「う…運命だと…っ？　ふざけるなっ」

政興が混乱したままわめき立てたが、真頼の耳にはほとんど入っていなかった。

「どうして…？」

頭の中が真っ白で、ただ呆然《ぼうぜん》とつぶやく。

「水尾に聞いた」

そっと、耳元で小さく黎司が答えた。

「悪いな」

そして短く口にしたのは、真頼の後ろに立っていた水尾にだ。

「私では…、支えきれませんから」

ハッと振り返った真頼の前で、目を伏せて水尾がつぶやくように言った。

「おまえが…、こんなことをする必要は……」

動揺し、必死に口にする真頼の声も震えてしまう。

「俺はどっちでもいい。おまえが沙倉之を捨てられないというのなら、俺をそばに置いておけ」

「あ……」

背中にまわった男の腕が、グッと真頼の身体を抱き寄せる。

「え、オメガだって……」

「マジかよ…」

「あいつ、昔からアルファにしてはおかしかったもんな…」

物見高く二人を取り囲む客たちの間から、ヒソヒソとそんなささやき声が真頼の耳に届く。

本当なら、自分に向けられるべき嘲笑だった。

「どうして……?」

もう、その言葉しか出なかった。

胸がいっぱいで、溢れ出したものが涙になってこぼれ落ちる。

「おまえが欲しいんだ。……多分、昔から。ずっと欲しかった。それだけだ」

やわらかな言葉。ぽんぽん、となだめるように男の手が背中をたたく。

肩から力が抜けていくようだった。同時に温かい思いが体中に満ちてくる。

「――ちょっと…、真頼さん!? いったいこれはどういうことなのっ?」

騒ぎを聞きつけたらしく、強ばった表情で近づいてくる母の姿が歪んだ視界に入った。

――もう、いい……。

ふっと真頼の胸に何かがゆっくりと落ちていった。

全部。何もかも。

今まで自分が守ってきたものに、しがみつく必要はなかった。

もっと、守るべきものは他にある。

「黎司……」

真頼はそっと手を伸ばし、男の頰に触れた。

少し怪訝そうに首をかしげた男の顔が妙に可愛く見えて、ちらっと笑ってしまう。

そのまま顔を近づけ、真頼は男に口づけた。

わあっ…、とまわりの喧噪《けんそう》が一瞬高まり、黎司自身、驚いたように真頼を見つめている。

無意識に腹に手を当て、真頼は自分たちを見つめる観客に向き直った。

「黎司じゃない。私が…、オメガです。子供もいる」

一瞬、あっけにとられたように静まりかえった客たちが、次の瞬間、悲鳴のような声を上げる。

「真頼さんっ！　真頼さん、あなた、何を言っているのっ!?」

半狂乱になったように、母親が叫ぶ。そのまま地面へ崩れ落ちた。

「なんだ……、なんだ、やっぱりそうじゃないか！　ずっとおかしいと思っていたんだよっ！」

勝ち誇ったような政興の声。

「オメガのおまえに沙倉之の当主の資格はない！」

それに、黎司がゆっくりと向き直った。

「ああ…、真頼に沙倉之の当主なんかやらせておくのはもったいないからな」

にやりと笑った黎司に、政興が一瞬、息を呑む。

「ま…、負け惜しみを…っ」

「やってみろ。真頼の代わりができる人間がいるんならな。……真頼は俺がもらっていく」

静かに言った黎司が、真頼の手を強く握ってきた。

問うようにまっすぐに目をのぞきこまれ、……不思議なほど不安はなかった。

少し照れるような思いで笑い返すと、黎司は真頼の手をつかんだまま、いきなり早足で歩き出した。

「あっ、おい…！」

「どうするつもりだっ？」

混乱し、あちこちであわてたように携帯で連絡をとりまくっている連中の間を抜けて庭を飛び出すと、そのまま車に乗せられる。

エンジンをかけ、沙倉之の邸宅の門を走り抜けてから、二人同時に笑い出した。

真頼も大声で笑っていた。こんなふうに笑ったのは、生まれて初めてだったかもしれない。気持ちがよかった。

すべてを失ったはずなのに、日射しがまぶしくて、風が心地よくて、自然と微笑んでしまう。

そんな真頼をちらっと横目にした黎司と、ふっと目が合った。

「責任…、とれよ。人を孕《はら》ませたんだからな」

軽くにらむようにして言ってやると、黎司がごつい肩をすくめてうそぶいた。

「俺がそんなに無責任な男に見えるか？」

「いい父親になれるかどうかは疑わしいな」

「試す価値はあると思うね」

すかして答えた男に真頼はちょっと笑ってしまう。

と、ふと思いついた。

「おまえ、まさか狙ったわけじゃないだろうな？」

知らず眉をよせて確認した。

たまにオメガが玉の輿を狙ってアルファの子供を妊娠するという話は聞くが、逆はちょっと聞かない。

「せっせと種付けはしたからな」

顎を撫でて、黎司がにやにやと言った。

「ま、おまえと子供が手に入ったんなら、俺としては励んだ甲斐があるというものだ。おまえを…、どんな形でも手放す気はなかったからな」

そんな言葉にちょっとあきれつつ、どこかくすぐったいようにうれしい気もする。

それでもさっきの騒ぎを思い出し、真頼はちょっとため息をついた。

今頃は財閥中、関連企業中にその「醜聞」が飛びまわっているのだろう。衝撃を受け、失望した社員たちも多いと思う。

沙倉之は次の後継者争いでしばらくはごたごたと騒がしいだろうし、それに——。

「篠院からすれば、オメガの俺が財閥のアルファを引っ掛けたと思うんだろうな」

とばっちりみたいなものだ。

「もともと俺は篠院じゃ爪弾きにされていた。ああ…、俺もジョーカーみたいなもんだ。お似合いだと思ってるんじゃないのか?」

自嘲気味に言った真頼にさらりと答えてから、黎司が静かに続けた。

「おまえがおまえの能力を証明するのに、財閥にいる必要はないさ。今までおまえがしてきたことが消えるわけじゃない。おまえがまっすぐに向き合ってきた人間たちなら、おまえの力はわかっている。この先もついてくるやつは多いはずだ」

その言葉に、真頼はハッと息を呑んだ。思わず男の横顔を見つめてしまう。

「そう…、かな……」

ようやく言葉を押し出すようにつぶやいて、ちょっと泣きそうになった。

ふっと黎司が吐息で笑う。

「俺も、おまえに子育てだけさせておくつもりはないからな。俺としては伴侶と子供と、優秀なビジネスパートナーまで手に入れられたわけだ」

「例の抑制器のか？」

こみ上げてくるものをこらえながら、真頼は軽口のように聞き返す。

「実感があれば事業展開に向けて力も入るだろうからな」

「反動の抑制は課題だと思うけどね。それにサイズも五段階くらいは展開した方がいい。繊細なフィット感が要求されそうだからな。アレだと大きすぎるオメガもいるだろう」

少し、頭がビジネスモードになってくる。

「でもおまえには、アレがぴったりだったんだろう？」

「まあ…、そうだな」

ちらっと横目に聞かれて、いくぶんとまどいつつ真頼はうなずいた。

黎司が満足げににやりと笑う。

「あのプラグは、今も3《スリー》サイズくらいは試作している。それぞれ実際に男のモノをサンプリングしてるんだが、……一つは俺のだ」

え？　と真頼はわずかに目を見張った。

そして次の瞬間、カッ…と頬が熱くなる。

つまり、自分が使っていたものは…、一日中、身体の中にいれていたのは、この男のモノ、――ほとんどそのまま、ということだ。

「バカが…っ」

思わず小さく毒づいた。

しかし思い出すと、どうしようもなく腰の奥がムズムズしてくる。発情期でもないのに。

「いいな」

楽しげにつぶやかれ、真頼は怪訝に男を見た。

「……なんだ？」

「そんな潤んだ目で見られるのが新鮮だ。発情してる時とはちょっと違う」

さらりと言われて、さらに体温が上がった。

「誰がそんな……っ」

とっさに否定したが、動揺で声は微妙にうわずってしまっている。自分でもわかるくらい、頬が熱い。

「まいったな…」

小さくつぶやくと、黎司がグッとアクセルを踏みこんだ。

加速した車はあっという間に馴染みのあるマンションへとすべりこむ。ひさしぶりに訪れた男の部屋に、ふわりと懐かしさを覚えてしまう。

「この部屋もすぐにベビー用品で埋まりそうだな」

苦笑するような男のつぶやきに、ふいに胸が熱くなる。

今まで実感はなかったが、少し想像できるような気がした。そんな、優しい未来を。

まっすぐに真頼に向き直り、黎司が言った。

「真頼、今…、発情期でないおまえと愛し合いたい。獣の本能じゃなくて、感情でな」

まっすぐな言葉にドキリとした。

「子供とおまえを取り合いになる前に…、な」

「バカ…」

真面目な顔で言った男に真頼はちょっと笑ってしまう。

「加減しろよ？　今までと同じ身体じゃない」

「発情してるわけじゃないんだ。そこまで激しくはしないさ」

背中で言った黎司がすくい上げるように真頼の身体を抱きかかえ、そっとベッドへ落とされる。

ゆっくりとスーツが脱がされた。

いつもなら…、そう、自分で脱ぐにしても、脱がされるにしても、切迫した空気だった。おたがいの表情をうかがいながらの作業が、どこかくすぐったい。視線が落ち着かず、漂ってしまう。

「恥ずかしがってる感じが、妙に初々しくてイイな」

全裸になった姿を楽しげな眼差しで見下ろされ、真頼は軽く男をにらむ。

「真頼……」

両手でそっと頬が包みこまれ、なめるように耳に舌が這わされて、優しく名前が呼ばれる。

「あ……」

それだけでぶるっと身体が震えた。

発情期のような、荒れ狂うみたいな熱ではない。じわじわと、身体の奥から甘い熱が肌を侵食する。

鼻先が触れ合い、濡れた舌が確かめるみたいに唇に触れる。そして、唇が重なった。

「んん……」

熱い舌先が唇を割り、口の中へ入りこむ。とまどいがちな真頼の舌があっという間に絡めとられ、きつく吸い上げられる。

「んっ…、あ……」

無意識に、すがるみたいに真頼は腕を伸ばし、男の首にしがみついた。

何度も何度も、おたがいに奪い合うみたいにキスをする。唇の端から恥ずかしく唾液がこぼれ落ちるのもかまわなかった。

意識が吸いこまれるみたいに気持ちがいい。

夢中で味わってから、ようやく黎司が身体を起こす。

息を整えて目を開いた真頼は、じっと自分を見下ろしてくる男の胸元に手を伸ばした。

まだ身につけたままだったシャツのボタンをいくぶん強引に外し、手荒く前をはだけさせると、スッ…と男の脇腹から胸へと撫で上げる。

小さな乳首へ指を這わせ、軽く押し潰すようにしていじると、少しくすぐったそうに男が身をよじった。

その手がとられ、指を絡めるようにして手の甲にキスが落とされる。

シャツを脱ぎ捨て、ズボンも脱いでベッドの下に投げると、真頼の前に膝立ちになった。

わずかに変化を見せ始めている男のモノに、知らず目が吸いよせられる。そっと手を伸ばし、真頼は手の中で軽くそれをこすり上げた。

ずっしりと重さがあり、片手にはとても収まりきらないモノを何度も根元からしごき上げ、先端を指の腹で揉むようにすると、グッ…とさらに大きさが増したのがわかる。先走りが指を濡らし始める。

「煽るなよ…。今日はお上品にやるんだろう?」

いくぶんかすれた声で男が言うと、その手が引き剝がされた。両方の手首がシーツへ縫いとめられ、首筋から喉元へと貪るように唇が這わされる。

「あ……、ん……、あぁ……っ」

真頼は身体をしならせるようにあえいだ。

いつになく穏やかな波が身体の中に打ち寄せ、ゆっくりと高まっていくのがわかる。

男の手が薄い胸をすべり、指先が乳首をもてあそび始めた。そしてもう片方は唇に含まれ、たっぷりと唾液をこすりつけられる。

「あっ……あぁ…っ」

濡れて敏感になった乳首が指できつく摘まれると、ビクン、と跳ねるように真頼の身体が揺れた。

「ここも…、俺だけのモノじゃなくなるのか…？」

執拗にいじりながら、少しおもしろくなさそうにつぶやいた男の頭を、真頼は軽くたたいてやる。

「つまらないことを言うな…っ。おまえが子供か」

男が軽く唇を尖らせてみせ、そっと手のひらを下肢へとすべらせた。まだほとんど変化の見えない腹をそっと撫で、軽くキスを落とす。

「出てくるのはいいが…、男だとライバルになりそうで困るな。難しい戦いになりそうだ」

「バカだろ…」

思わず笑ってしまう。

「だからその前に、俺としてはおまえの身体にしっかりと俺の味を覚えさせておかないとな」

にやりと笑って言うと、黎司がいきなり真頼の片足を抱え上げた。

あっ、とうわずった声をこぼした真頼にかまわず、男はやわらかな内腿《うちもも》へ舌を這わせると、そのまま中心へと唇を動かした。

「やめ……っ」

その予感に、真頼は反射的に片手で自分のモノを隠そうとする。

「ああ…っ」

しかしかまわず、男の舌は真頼の指越しにそこをなめ上げた。

「やぁ……っ、あ…、あぁ…っ…ん…」

ちろちろとほんのかすかにあたる感触がもどかしく、かえって敏感に反応してしまう。くちゅ、くちゅ…と淫らに濡れた音が耳につき、全身の熱が上がってくる。

あっという間に真頼のモノは、指からはみ出すほどに反り返していた。

男の手が真頼の両足を抱え、わずかに腰が浮かされて、指で隠しきれない先端が舌先でつっつくように刺激される。

「あっ、あっ……、あぁ……っ」

反射的に逃げようとしたが、男の手でしっかりと固定された腰はまともに動くことができない。

こらえきれず滴り落ちた蜜が男の舌になめとられ、軽く吸い上げるようにされて、どうしようもなく腰が揺れる。それだけでなく、もっと大きな刺激が欲しくて、いつの間にか真頼の指は先端だけあらわにするように後ろに動いてしまっている。

「可愛いな。ここをなめてほしいのか？」

男が喉で笑い、濡れそぼった先端が指で弾かれて、ようやく自分でもそれに気づくと、真頼は羞恥でこらえきれず片手で顔を覆ってしまった。

「うまそうだ」

意地悪く口にすると、黎司がいやらしく濡れた先を口に含み、舌先で丹念に蜜をこぼす小さな穴を愛撫した。

「あっ、あぁっ、あぁ……っ」

押しよせてくる快感に、ガクガクと腰が揺れる。

「ほら、真頼、手を離せよ。全部…、根元までしゃぶってやるから」

いったん口を離し、優しげに男が言った。

自分が引き剝がすのは簡単なくせに、真頼からねだらせようとする。

涙目で男をにらんだが、どうしようもなかった。

唇を嚙み、真頼はようやく強ばった自分の手を離すと、代わりにシーツをつかむ。

「いい子だ」

満足げにつぶやき、男がすっぽりと真頼のモノを喉の奥までくわえこんだ。そのまま何度も口の中でこすり上げ、先端やくびれを舌でなぞり、角度をつけて巧みにしゃぶり上げる。

「あぁっ、あぁっ、あぁっ、いいっ……いい…っ！」

どんどんと熱が下肢にたまり、噴き出す先を求めてうねり始める。

「出していいぞ？」

いったん口を離した男が、かすれた声でうながし、さらに片手で根元のあたりをこすりながら先端を甘噛みする。続けてきつく吸い上げられた瞬間、こらえきれず真頼は男の口に放っていた。

「あぁ……………っ！」

一瞬伸び上がった身体が、重力に引かれてシーツに落ちる。荒い息遣いが自分の耳にも届く。

「やっ……、な…に……っ？」

しばらく放心していたが、いつの間にか腰が持ち上げられる感覚に、ちょっとあせった。

男の指が強引に後ろの入り口を押し開き、きつく締まった窄《すぼ》まりがとろり…、と濡らされる。

さっき自分が出したものだろう。

そのまま舌先で伸ばすようにしてくすぐられ、あっという間にとろけた襞が淫らに収縮を始めた。

「あっ……、んっ…」

確かめるように指先があてがわれ、馴染ませるみたいにしてゆっくりと中へ入ってくる。夢中でくわえこむ真頼の腰をなだめるように、すぐに指は二本に増やされ、すでに熱く潤んだ中を掻き乱す。

発情して意識が飛んでしまっている時よりも、生々しく男の指の感触が肌に沁みる。

何度も抜き差しされ、粘膜が執拗にこすり上げられ、コリコリと感じる場所が刺激されて、真頼はどうしようもなく腰を振り乱した。

「ふ……、あ…、ゆ…び、が……、——あぁ…ん…っ、いい……っ」

さっき達したばかりの前は早くも大きく反り返り、先端からポタポタと蜜をこぼしている。

「気持ちいいのか？」

真頼の表情を確かめ、反応に合わせて指を動かしながら、優しげに黎司が尋ねてくる。

「だが、指じゃ……とても足りないだろう？」

言いながら、そっと指を引き抜いていく。

「あ……あぁっ、いや…っ、いやっ、まだ……っ」

とっさにあせって声を上げた真頼の頰を、男の手が優しく撫でる。そして熱く硬いモノが、溶けきって疼く場所へと押し当てられた。先端だけがあてがわれ、軽く襞を掻きまわすようにされて、真頼は無意識に腰を押しつけてしまう。

「真頼…、まより……」

かすれた声に呼ばれ、なかば頭は朦朧としたまま、そっと目を開けた。

目の前に大きく、熱っぽく見つめてくる男の顔がある。

「俺が欲しいか…？」

片手で唇を撫でながら、男が尋ねた。

そんなことは、わかっているくせに。

「ほ…しい……っ。早く……っ」

無意識に足を開き、はしたなく男の腰を挟みこむようにして真頼はねだる。

「誰が欲しい？　言ってくれ」

じっと見つめられて、真頼は大きく息をついた。

なぜか、小さく微笑んでしまう。

「れ…いじ……」

そっとささやくように言うと、唇にキスが落とされた。

「もう一回、言って」

さらにうながされ、真頼は男の肩にきつくしがみついた。

「黎司が…、おまえが……欲しい……っ」

口にした瞬間、グッと腰が引き寄せられ、一気に熱いモノが身体の奥を貫いた。

そのまま腰が抱えられ、激しく突き入れられる。

「あぁっ、あぁっ、いい……っ、中に……——あ…っ、黎司が……なか……っ」

男の腕の中で、真頼は大きく身体を仰け反らせてあえいだ。

男の熱が、匂いが、息遣いが全身を押し包む。ただ身体の渇望を潤すのではなく、身体の隅々まで満たされていく。

何度もキスを与え合い、男の胸元に、肩口に顔を押しつけ、爪を立て、せがんで。体位を変え、後ろからも、向かい合った形からも立て続けに何度も極めさせられた。

「……たまらないな……」

かすれた声でうめいて、ようやく男が自身を引き抜き、真頼は崩れるように男の腕の中で目を閉じた。

しばらくは荒い息遣いだけが空気を揺らし、ぐったりと身体は疲れていたが、それでも力強く、温かい腕の中が心地よい。

「激しくはしないと言ったくせに……」

ようやく少し落ち着いて、真頼は背中からすっぽりと抱きしめる男の腕を軽くひねり上げる。

「それほど、と言ったはずだが？」

それにとぼけるように背中で男が答えた。

なるほど、この先毎日繰り返されるこの男との駆け引きには、細心の注意が求められるらしい。

だがそれも楽しそうな気がした。

男の肌の温もりにまどろみながら、真頼はそっと尋ねてみる。

「運命だと……、思うか？」

自分たちが出会ったのは。この男がアルファで、自分がオメガだったのは。

「どうだかな」

さらりと答えた黎司が、指先で真頼の首に触れてくる。

あの、小さい頃に黎司がつけた痣があるあたりだ。

「初めておまえに会った時、なんかすげぇ噛みつきたくなったんだよな…」

つぶやくように言ってから、ふっと吐息で黎司が笑う。

指先がスッ…とその痣からうなじまで、たどるように撫でてくる。うなじに、かすかに唇が触れ、ビクッと一瞬、真頼の身体が震えた。

知らず、目を閉じる。

しかしやわらかなキスだけで、静かに離れた。

「多分、ただの一目惚《ひとめぼ》れだ」

そして、かすかに笑うように耳元に落ちた声。

その言葉が、甘く真頼の胸に沈んでいった——。

end.

装うアルファ、種付けのオメガ

「ただいま」

夜の十時過ぎ。

ようやく仕事を終えて真頼《まより》が帰宅した時、玄関の扉を開けてくれたのは中原《なかはら》という六十代なかばの男だった。こんな時間でもきちんとしたスーツ姿だ。

「お帰りなさいませ、真頼様」

扉の脇に立って丁重に頭を下げ、流れるように真頼のカバンを受け取る。

「遅くまでお疲れ様でした」

仕事柄か、ほとんど感情を交えない声だが、常に穏やかで安心感がある。帰ってきたな、という思いで、真頼もほっと息をつけるのだ。

「中原こそ、こんな時間まですまないな」

脱いだコートを渡しながらねぎらった。

「いえ、今日などはお早い方ですよ」

微笑《ほほえ》んでさらりと返され、そういえばそうか、とも思う。

子供を産んでから一年ほどは休みを取ったが、その間もできる範囲でリモートでの仕事はこなしていたし、少し手が離せるようになった二、三年前からは、本格的に復帰していた。

いや、ここ数年でむしろ新しい仕事が増えたと言ってもいい。ありがたいことではあるが、そのせいでこのところ、帰りが真夜中を越えることも多かった。

中原はもともと、沙倉之《さくらの》の家に仕えていた執事だ。アルファだと偽って生活する真頼の秘密を――実はオメガだということを――初めから知っていた数少ない一人で、真頼が実家を離れたあと、わざわざ沙倉之での勤めを辞め、真頼についてきてくれた。

この家でも執事というか、家令というか、家の中のこと全般を取り仕切ってくれている。

真頼にとっては祖父のような存在で、……いや、実の父親より、母親より、おそらく誰よりも家族に近い。幼い頃から、真頼にとっては唯一の味方だった。

まだ幼い、六歳になった息子を家に残して仕事に出られるのも、中原がしっかりと家を守ってくれているおかげだ。安心して任せられる。

とはいえ、仕事中でも子供のことが気にならないわけではなかった。

「子供たちはおとなしく――」

問いかけたとたん、バタバタバタッと軽い足音が耳に届いたかと思うと、正面の階段を駆け下りてくる小さな影が目に入った。重なるようにふたつ、だ。

「おかえりなさいっ！」

「おかえりなさいっ、ママ！」

いっぱいの笑顔で二人同時に真頼に飛びついてくる。

真頼はとっさに片方の腕に一人ずつ、なんとか受け止めた。これ以上大きくなったら、二人いっぺんには無理だな…、と内心で冷や汗を掻《か》きながら。

生まれたのは双子の男の子だった。今はわんぱく盛りの六歳だ。

慣れない子育てに四苦八苦したものの、腕の中に収まっていた小さな命が成長するのは、本当にあっという間だった。

すでにふたり同時に抱き上げるのは難しく、ただしっかりと抱きしめてやる。

青李《あおい》と御空《みそら》。

すっきりと整った容姿は、どちらかと言えば真頼に似ているかもしれないが、やんちゃな性格は子供の頃の黎司《れいじ》を思わせる。

そっくり同じ顔で、わくわくした目で真頼を見上げてきた。

「ただいま。でもおかしいな？　ふたりとも、もう寝ている時間じゃなかったかな？」

いかにもうかがうように尋ねると、二人があわてて目を逸《そ》らす。

「真頼様のお顔を見るまでは寝ないとごねられまして」

横から中原が澄ました顔で告げ口した。

「中原っ」

二人が同時に唇を尖《とが》らせて声を上げる。

「おやおや…、二人とも、まだまだ子供だね。来年からは学校へ行く年なのに。中原に手間をかけさせてはダメだろう」

「もう子供じゃないよっ」

「ママのお仕事、手伝えるからっ」

真頼がいかにもあきれたように言うと、二人が口々に訴えた。

「じゃあ、早く大きくならないと。夜、きちんと睡眠をとらないと大きくなれないよ。身体も、頭の発育もね」

そんなことを言いながらも、それぞれの腕にしがみついている子供たちの温《ぬく》もりにじわりと胸が温かくなる。

まさか自分が子供を産んで、家族を持つなどということは、昔は想像もしていなかったのに。

沙倉之の家を守り、事業を拡大させることだけが使命だったのだ。

「ママ、今日は一緒に寝たらダメ？」

「ね、いいでしょう？」

それぞれの腕にしがみついてくる子供たちをなかば引きずるようにリビングへ向かいながら、真頼は苦笑する。

「二人はいくつになったんだっけ？　やっぱり、まだまだ子供みたいだね」

「いいよ、子供で」

「子供だもんねーっ」

賑《にぎ》やかに言い合いながらリビングへ入ったとたん、低い男の声がぴしゃりと響いた。

「ダメに決まってるだろう」

予期しなかった存在に、ハッと真頼は顔を上げる。

と、ラフな部屋着でソファに横になっていた男がむっくりと身体を起こした。

「黎司…、帰ってたのか」

自然と真頼の顔がほころぶ。しばらく海外へ出張していた黎司の帰りはあさってだと聞いていたが、どうやら早めに帰国できたようだ。

「ほら、子供はさっさと寝ろ」

そしてのっそりと立ち上がりながら、いかにも邪魔そうにしっしっ、と手を振る。

「ずるいよ。またパパが独り占めするんでしょ」

「パパばっかり！　ずるいっ」

子供たちがいっせいに嚙《か》みついた。

そんな二人を仁王立ちになって見下ろすと、黎司は腕を組んでふん、と鼻を鳴らした。

「パパは三週間ぶりに家に帰ってきたんだぞ？　その間、おまえたちがずっとママを独占してたんじゃないか。今度はパパの番だ」

「そんなの、パパのせいだしっ」

「ママだってお休み、少ないしっ。あんまり家にいなかったしっ」

ぎゃんぎゃん騒ぐ子供たちにかまわず、黎司は子供たちの頭越しに手を伸ばし、軽く真頼の顎をとった。

「おかえり」

優しい言葉とともに、すぐ間近から熱っぽい眼差《まなざ》しがじっと見つめてくる。

「おかえり、黎司」

真頼も微笑んで返す。と同時に唇が塞がれ、真頼はとっさに男の肩に手をかけた。

「れい…っ、――ん…っ」

挨拶のキスでは終わらず、強引に入りこんだ熱い舌が真頼の舌に絡みつき、きつく吸い上げる。

子供たちの頭の上で長く、何度もキスを交わしてから、ようやく黎司が顔を離した。

陶然と目を閉じた真頼だったが、あっ、と思い出して軽くにらみつける。

黎司がいたずらっ子みたいに小さく笑った。

ぶうっ、と膨れっ面《つら》でそれを見上げていた子供たちが、ぽかぽかと黎司の腰のあたりを殴り始める。

だがまったく意に介さず、黎司はそれぞれの腕で軽々と子供たちの身体を横抱きに持ち上げると、半分開いたままだったドアから廊下へ無造作に放り出した。

「子供はさっさと寝ろ。これからはパパとママの二人の時間だ」

にやりと笑って、嫌がらせみたいに言う。

「パパ、ひどいっ！」

「横暴っ！　暴君っ！」

さすがに真頼よりもずっと腕力がある。が、大人げない。

真頼は思わず苦笑した。

パタン、とドアを閉じて子供たちを閉め出すと、黎司はこちらに向き直って、やれやれ…、と頭を掻いた。

「昼過ぎに帰ってきてから、サッカーとかバスケとか、かなりみっちり遊んでやったんだがな…。疲れて、今日は早く寝てくれるかと期待していたんだが」

「子供の体力をなめていたようだな」

くすくすと真頼は笑う。

「それに、ママへの執着もな」

肩をすくめた黎司が何気ないように腕を伸ばし、真頼の身体を抱きしめると、そのまま後ろのソファへダイブする勢いで倒れこんだ。

「ちょっ…、黎司……っ」

あせった真頼にかまわず、体重をかけて抵抗を封じると、男の指が器用に真頼のネクタイを緩める。首筋に顔を押しつけるようにして、大きく息を吸いこんだ。

「……たまらない。ホテルで何度も一人で慰めてたんだぞ？」

きつく抱きしめられ、喉元に唇を押し当てて、黎司がかすれた声でうめく。

本心の見えるそんな言葉はやっぱりちょっとうれしくて、真頼はようやく自由になった腕を伸ばして黎司の髪をそっと撫《な》でた。

「浮気をしなかったのは感心だな」

「おまえじゃないと満足できないのはわかってるからな」

ふっと顔を上げた黎司と目が合う。

駆け引きのように、おたがいに眼差しで探り合う。相手の吐息が肌に触れるくらいの距離で。甘い空気がやわらかく肌を包む。

「ここでやるつもりじゃないだろうな?」

男の手が腰に伸びてくる気配に、真頼はいかにも胡散臭《うさんくさ》そうににらんでやる。

「ダメか? ——いてっ」

容赦なくその手をつねると、黎司が短く悲鳴を上げた。

「行儀が悪い。子供たちの悪い見本になられては困るな」

「もういないだろ…」

三人目の子供みたいに、黎司が唇を尖らせる。

と、その時だ。

「——そうだっ。ママ、僕、今日、チェスでパパに勝ったんだよ!」

バーン、とドアが開いたかと思うと、青李が大きく声を張り上げた。

ため息をつき、上体を起こした黎司がおもむろにソファにすわり直すと、尊大に足を組んで息子を眺める。

「ま、初めてな。だが、確かに青李は賢いよ」

「僕だって、関数問題でパパより早く正解したよ！」

ついで、咳《せ》きこむように御空が叫ぶ。

「うん。御空も頭がいい」

一つうなずいてから、黎司がちらっと真頼を見て小声で言った。

「どっちも負けてやったんだけどな」

そんな言い訳に、真頼はくすっと笑う。

「子供にも手加減はしないのがおまえのポリシーじゃなかったか？」

「……時差ボケだったんだ」

むっつりと黎司が鼻に皺《しわ》を寄せた。

「僕たち、ママに似たんだよね」

ドアのところから、うれしそうに二人が声をそろえる。

「ハハ…、そうだな。パパに似てたら、もっとスポーツ万能のいい男になれるんだが。ママだってそっちの方がカッコイイと思うはずだからな」

「スポーツだって得意だよっ」

「パパには負けないしっ」

キーッ！　と言い返した子供たちに、黎司は邪険に手を振ると、大きく声を上げた。

「ハイハイ。ほら、パパはママと大事な仕事の話があるんだから邪魔をするな。――中原！　子供たちを寝かせてくれ」

何の仕事の話だか、と思いながら、真頼は中原に連行される子供たちに手を振った。

「明日はお休みだから、一日家にいるよ。ピアノとヴァイオリンを聴かせてくれる？」

そんな真頼の言葉に満面の笑みで大きくうなずき、「おやすみなさいっ」とようやく子供たちが寝室へ向かったようだ。

「おまえには甘えたいんだな。俺には突っかかってくるんだが」

顎を撫で、黎司がいささか渋い顔をする。

確かに、子供たちは黎司とよく張り合っているようだが、それも懐いていると言っていいのだろうと思う。なるべく一緒にいる時間を、と真頼も思ってはいるのだが、黎司にしても、真頼にしても、仕事が膨大でままならない。

だが二人とも、真頼たちがとやかく言わなくても、勉強や運動には熱心に取り組んでいるようだった。やりたいと自分から言ったことは自由にやらせていて、他にもピアノとヴァイオリンを習っている。

「私に似ない方がいいのに……」

思わず、そんな言葉が真頼の口からこぼれ落ちた。

もし…、子供たちがオメガだったとしたら。

何かの拍子に、ふと、そんなことを考えてしまう。真頼がオメガだったことを決して認めようとしなかった自分の母親の気持ちが、ほんの少しだけ、わかるような気もしてしまうのだ。

「どうして？」

しかしさらりと黎司が尋ねた。そしてそっと、手のひらで真頼の頬を撫でる。

「おまえに似たオメガだったとしても、十分賢くて強い、いい男になるさ」

「ああ…」

かすかに微笑んで、真頼はうなずいた。

身びいきではなく、賢い子供たちだと思う。もしかしたらアルファなのか、と考えてしまうくらいに。もちろん黎司の子だ。その可能性は十分にある。……オメガである可能性と同じくらい。

自分が子供の頃も、まわりからはアルファで間違いないと言われていたのだ。

だが、そう。子供たちがどの性であったとしても大丈夫だ。自分たちがしっかりとしていれば。

そう思う。

黎司がぱたっとソファの背もたれに身体を預け、大きな伸びをした。

「だが、さすがに疲れたよ。少々、強行軍で仕事を片付けて帰ってきた上に、子供たちの相手もしたからな…」

そんな男の膝を、真頼は軽くたたいた。

「今日はおとなしく寝た方がいいんじゃないのか？」

「そんなもったいない真似《まね》ができるか」

ガバッと身を起こすと、しなだれかかるように真頼の腰に腕をまわす。

「……おまえの匂いだけでくらくらする。もう我慢できそうにない」

「ヒートの時期じゃないぞ？」

何気なく返した真頼を、黎司が上目遣いに見つめてくる。拗《す》ねた子犬みたいに。

「ヒートじゃなければ俺に抱かれたくない？　それは淋《さび》しいな」

「そんなことはないが……」

思わず口走ってから、あっ、と唇を嚙む。

――言わされた……。

気づいて、少し悔しい思いで男をにらむと、黎司が唇でちらっと笑った。

「ベッドへ行こうか？　奥様」


七年前、真頼の秘密が公になった時には、社会的にも大きなスキャンダルとして扱われた。

実質的に国を支配する五大財閥の一つ、沙倉之の後継者は、生まれながらに絶対的なアルファであるべきであり、真頼自身、そう振る舞ってきたのだ。実際には、真頼がいちいち自分の属性について口にしたことはなかったが、まわりは当然のこととしてアルファだと受け止めており、真頼も否定はしなかった。世間を欺いていた、と言われても仕方がない。

あの園遊会の場で告白したあと、真頼はおとなしく沙倉之の家を出たが、それ以来、両親から一切の連絡はなかった。

まあ、それも当然だろう。真頼の秘密を知らなかった父にとっては、裏切られたという思いもあるだろうし、家名に泥を塗った人間として勘当同然ということだ。

そして事実上、真頼は沙倉之の性を捨てていた。

身重の身体でもあり、そのまま黎司との生活を始めたのだが、黎司自身、籐院《とういん》の名前に執着はなかったようだし、真頼との関係を親族にあれこれ言われたくなかったようで、ふたりで相談し、黎司の遠縁であった「千東《せんとう》」という子供のいない老夫婦のもとへふたりそろって養子に入る形にしたのだ。

真頼が出産の準備に入っている間、黎司は例の「ヒート抑制器」を本格的に市場へ出すための会社を興し、安全性の高い準医療器具として世界的なヒットを記録した。他に類を見ない製品の一大メーカーへと急成長し、現在では関連する業種へとさらに大きく事業を拡大させている。

真頼も当初から、その黎司の仕事を手伝っていた。

『妊娠中だからって、おとなしく家で寝てるだけのおまえじゃないだろう？』

そんな言葉で、真頼を仕事に誘ったのだ。

『優秀な人材をただ休ませておけるほど、新興企業は余裕がないからな』

――と。

もちろん、それまで真頼が経営に携わっていた沙倉之グループのすべての企業で役職が外されており、仕事に心血を注いできた真頼にしてみれば喪失感も大きかったので、正直、黎司の心遣いはありがたかった。

ろくな引き継ぎもできないまま、社長の突然の交代で、会社は混乱し、多くの社員にも迷惑をかけただろうと思う。それもあって、沙倉之グループの動向は気にかけていたのだが、真頼が去って以降はかなり業績が悪化していた。身売りする企業があとを絶たず、密《ひそ》かに真頼が――というか黎司の会社が、いくつかを買い取った。

前のようにおまえがやってみればいい、と軽く黎司には言われ、正直、オメガである自分に社員たちがついて来てくれるのか、という不安は大きかったが、真頼から代わった兄への不信が大きかったせいかもしれない。予想していたような反発はなく、経営の方もなんとか持ち直していた。もともと沙倉之から切り離して経営していたいくつかの会社も、しばらくは秘書の水尾《みずお》や副社長に任せていたが、そちらの社員たちも真頼の復帰を待ってくれていたようだ。

今でも、オメガである自分を信頼して仕事を任せてくれる取引先、会社の社員たちがいることはありがたいと思う。それだけに、やはり真頼も仕事には力が入ってしまうのだ。

もちろん今でも中傷や、好奇の目で見られることはあるが、それでも抱えていた大きな秘密がなくなったことは、思っていた以上に、真頼を自由にしてくれた。気持ちが楽になった。

子供たちと、黎司の存在が支えになっているからこそ、なのだろう。

オメガであることを隠して生きていた時も、強くならなければ、と思っていた。

だが今は、もっと強くなれた、と思う。

子供たちを守る覚悟だ——。


「——あ…っ、ちょっ…、黎司……」

なし崩しに一緒に風呂に入ってから、バスローブ一枚の身体がそのまま大きなベッドに投げ出され、大きな体軀《たいく》が上からのしかかってくる。

抵抗するまもなく唇が塞がれ、貪るように舌が味わわれて、真頼は無意識に腕を伸ばし、男の肩を抱きしめた。

その重さが、温もりが心地よく、安心する。

黎司の大きな手が頬を撫で、髪を撫でて、性急にはだけさせたバスローブの間から胸に、首筋に顔を押しつけてくる。

「んっ…、あ……」

肌をたどるように舌が這《は》い、慈しむように全身にキスが落とされる。

焦《じ》れるように真頼は身体をしならせた。

「いい匂いだ……」

ため息をつくように、黎司がつぶやく。

「禁断症状が出そうだった」

「そんなに…、電話もかけてこなかったくせに」

乱れそうになる吐息を抑え、思わず真頼は口にする。が、次の瞬間、拗ねてるみたいだ、と我ながらちょっと恥ずかしくなった。

「モニター越しに顔を見ると、よけい我慢できなくなるからな」

さらりと言ってから、黎司が唇を耳元に寄せた。軽く耳たぶを噛み、舌先で耳をなめてから、甘い言葉をそっとささやく。

「俺はいつでもおまえが欲しい。そうでなくとも、三週間ぶりだからな」

「……飛ばすなよ?」

熱っぽい言葉に、とっさに牽制《けんせい》した真頼だったが、あっさりと返される。

「自信がないな」

そして男の手が一気に真頼のバスローブをはぎ取ると、胸から脇腹、そして太腿まで撫で下ろした。

「んんっ…、ふ……ぁ……」

意味ありげに内腿をなぶった手が、焦らすように足の付け根をたどり、期待にピクピクと震えている真頼の中心をようやく手の中に収める。

「あぁ…っ」

びくん、と身体を震わせ、真頼は無意識にねだるみたいに、腰を男の手に押しつけてしまう。

吐息で笑った男のもう片方の手が背筋をたどり、緩やかな山を越えて深い谷間へと入りこんだ。

指先が隠された奥を探り、優しくなだめるように襞《ひだ》をなぶると、ゆっくりと中へ指を含ませる。

前と後ろと、同時に指であやすようにしてやわらかな刺激が与えられ、真頼はとっさに男の胸にしがみついた。大きな腕に閉じこめられるようにしっかりと抱かれたまま、どうしようもなく身体を揺すり上げる。

「あ…んっ、あっ、あ…、あぁ…っ」

甘い快感がじわじわと身体の奥から湧き上がり、早くもこぼれ始めた蜜《みつ》が黎司の指を濡《ぬ》らしてしまう。

「気持ちがいいか…?」

優しく聞かれ、カッ…と頬が熱くなった。

涙目で男をにらむと、くすくすと笑ってこめかみのあたりにキスが落とされる。

身体の中で自在に動く男の指を反射的にきつく締めつけ、しかしとても一本ではもの足りない。

「あぁ…っ、まだ……」

さらに激しく身体をくねらせ、その勢いで指が抜けてしまって、思わず淫《みだ》らな声がこぼれてしまう。

「大丈夫」

優しくささやかれ、腕が引かれて、背中からうつぶせに身体が押さえこまれた。

中途半端に放り出され、疼《うず》く腰が知らずわずかに浮いてしまう。それに気づいて、恥ずかしさに身体が火照《ほて》ってくる。

「あ…っ、んっ、あぁ……っ」

背中から覆い被《かぶ》さった男が両手を前にまわし、優しく胸を撫で上げた。

両方の乳首が摘《つま》み上げられ、押し潰すようにして執拗《しつよう》にいじられる。

「ガキども大きくなって、ようやくココも俺だけのものになったな。ん…？」

「バカ……ッ」

背中で笑うように言われ、思わず声を上げてしまう。

そのまま撫で下ろした男の手が、真頼の腰を軽く持ち上げた。

「あ……」

黎司の愛撫《あいぶ》に陥落した自分の中心は、すでに硬く反り返り、切なげに震える先端からはポタポタと蜜を垂らしている。同時に、指で前戯を与えられた後ろは、グズグズと今にも溶け落ちそうなほど男のモノを欲しがっている。

「あぁぁっ…、早く…っ、早く……！」

ジンジンと腰の奥が疼いてたまらなかった。男の視線にさらされて、秘孔がパクパクと淫らに収縮しているのがわかる。

「すごいな…。もうぐっしょり濡れてる」

かすれた声でつぶやいた黎司が、指先でヒクつく襞を押し開いた。

ヒートでもないのに、身体の奥からとろりと愛液が溢《あふ》れ出している。

「いやぁ…っ」

いやらしく湿った音が耳につき、あまりの恥ずかしさにか細い声がこぼれるが、かまわず黎司は舌先で執拗に愛撫した。

「あぁっ、あぁっ、ダ…メ……、もう……ぁんっ」

反射的に逃れようと退《ひ》いた腰が力ずくで押さえこまれ、さらに奥までなめ上げられる。

「あぁぁ……っ、もう……っ」

真頼は身体の下でぐしゃぐしゃになったバスローブを引きつかんだまま腰を揺すり、こらえきれずに達していた。

「困ったな…、そんなに感じてたら先がもたないぞ」

腰のてっぺんにキスを落とし、黎司が吐息で笑う。

そしてどろどろに溶けきった襞に、硬く熱いモノを押し当ててきた。

「あ……」

待ち望んだその感触に、真頼は思わず喉を鳴らしてしまう。

焦らすように内腿にこすりつけ、くわえこもうと淫らにうごめく襞を掻きまわすようにしてから、ようやくずぶっ、と中へ押し入れた。

「んっ、あ……あぁ……」

抵抗もなく、真頼の襞は男のモノをくわえこむ。

「もっと…、いっぱい、濡らしてやるからな……」

かすれた声が耳に届き、根元まで深く突き入れられたかと思うと、次の瞬間、一気に引き抜かれる。

「あぁぁぁぁぁ……っ！」

中が激しくこすり上げられ、一気に噴き上げた快感に、真頼は大きくのけぞった。

入り口付近まで抜けた男のモノは、再び激しく押し入れられ、えぐるように揺すり上げられる。

そのまま何度も抜き差しが繰り返された。

「あぁっ、いい…っ、いい……っ、あぁぁ……っ」

渦巻くような熱に呑《の》みこまれ、全身が食らい尽くされ、隅々まで満たされていく。

高く腰を掲げたまま、真頼はあえぎ続けた。

ヒートでない時の方が恥ずかしい。自分の痴態をはっきりと意識するからだろうか。

そして、何度目だろうか。一番奥まで突き入れられ、真頼が前を弾《はじ》けさせたのと同時に、たっぷりと中に出されたのがわかった。

ゆっくりと引き抜かれ、シーツに落ちた身体が、余韻にヒクヒクと痙攣《けいれん》する。

汗ばんだ身体が背中を抱きしめ、指先がそっと、うなじのあたりをたどった。

そこに歯形はない。番《つがい》にはまだ、なっていなかった。

黎司は特に、それを求めなかったのだ。番になる、ということは、事実上、オメガである真頼がアルファである黎司に従属するということだ。そういう関係を求めていない、という意思表示なのだろう。

実際問題として、オメガはヒートの問題を抱えているわけだったが、真頼には幸い、自社で開発、販売している抑制器がうまく働いている。

優秀な製品であり、自信を持って販売しているのだ。オメガである真頼が「番」という形をとらなくても、その抑制器を使っていればフェロモンが抑えられ、普通に働いても問題ない、ということを身をもって示しているわけで、いい広告塔になっているとも言える。オメガの社会進出、という意味においても、アイコンになりつつあった。

黎司の指が火照った真頼の身体を優しく撫で、剝《む》き出しの肩にキスを落とす。そして背中から腕をまわして、しっかりと抱きしめた。

「まだできる？」

肩口に顎を乗せて、一応、聞かれて。一応、というのは、真頼がどう答えようとやめるつもりがあるとは思えないからだ。

「明日、起きられないと困る」

それでも一応、真頼も注文をつけておく。

「子供たちと遊ぶ約束だし」

「ピアノとヴァイオリンの鑑賞会だろ？　寝っててもできるさ」

しゃあしゃあと言われ、真頼は肩越しに白い目を向けた。

――と、その時だった。

「やっぱり、いじめてる！」

「ママをいじめてる！」

寝室のドアが少しだけ開いて、子供たちが顔をのぞかせていた。

あきらめが悪く、今度は寝室をのぞきにきたらしい。まあ、もしかしたら声が聞こえただろうか、とちょっと体裁が悪い気もするが。

「まったく、油断も隙もないな…。ま、見られて困ることはないけどな」

真頼を振り返って、黎司がちらりと笑う。

「いじめてないぞ」

そして子供たちに向かって、きっぱりと答えた。

「じゃれてるだけだ。愛情表現だよ。おまえたちだって、しょっちゅう二人でもつれ合って遊んでるだろ？　パパとママは仲良しなんだ」

えー？　と、疑り深い目の子供たちと、ムスッとにらみ合っている。

「おまえたちも大人になったわかるさ。こういうことは絶対、相手がいいと言わないと、しちゃダメなことだからな」

……そう、特にオメガ相手なら。

「ママ…、いいの？」

青李がうかがうように尋ねてくる。

「そうだよ。パパが大好きだから、いいんだ」

さりげなく首のあたりまでシーツを引き上げ、真頼は微笑んで答えた。

それでも不服そうな顔だったが、ようやくあきらめたらしい。おやすみなさい、と二人がドアを閉じた。

やれやれ、と肩をすくめた黎司が手を伸ばして真頼の頬をつっつく。そしてにやにやと言った。

「俺にもちゃんと言ってほしいな」

「何を？」

「パパが大好きだから」

「バカ」

軽く言い返してから、真頼は小さくため息をつく。

「気をつけないと。発情しているところは…、さすがに見られたくないな」

「あるがままでいいと思うがな。あの子たちは理解してくれるさ。まぁ、もうちょっと成長してからがいいかもしれないが」

だが実際に自分の目で見ると、やはり衝撃だと思う。真頼自身、経験があった。

「沙倉之を捨てて…、後悔してないか？」

ふいに静かな声で、黎司が尋ねた。

「もしかするとこの先、全面的に敵対することになるかもしれない」

「黎司……？」

さすがにちょっととまどった。

「沙倉之に限らないが、このところ、財閥の連中が俺たち…、新しい勢力をかなり警戒してきている。早めに潰そうと手をまわしている節も見えるしな」

誰からともなく「新興」と呼ばれるようになっている、新しい大きな企業グループだ。黎司たちの「千東」もそうだし、他にも二つ、三つ、経済界で名前が挙げられるようになっていた。

五大財閥ほどの歴史も、政治への影響力も、今のところはまだ及んでいないが、先々は匹敵するくらいまで力をつける可能性がある。……いや、黎司にしてみれば、当然、そのつもりなのだろう。

「篠院も…、おまえの家の方もか？」

「俺はもともと、篠院とは言っても傍流だしな。たまたまアルファだったから、本家に出入りもしていたが。今も傘下に入れとうるさいよ」

なるほど、沙倉之と縁を切っている真頼とは違い、黎司にはまだ篠院に親族もいるのだろう。もちろん、親兄弟も。真頼と一緒になることであれこれ言われたらしく、やはり没交渉に近いようだったが。

真頼としても申し訳なく思うところだ。自分が沙倉之を離れるのはともかく、黎司を巻きこむつもりはなかった。子供のことがなければ、一緒に暮らしていたかどうかもわからない。

黎司自身は、もともと俺は一人で自由にやってたさ、と軽く笑っていたが。

「この先、食うか食われるかになる可能性もある。それでも…、何があっても、俺を選んでくれるか？」

まっすぐな眼差しで聞かれ、真頼は思わず瞬きした。そして、静かに微笑む。

「もう選んでるよ」

本当はそうじゃない。黎司が、自分を選んでくれたのだ。それこそやっかいな「ジョーカー」

でしかなくなった自分を。

よかった、と吐息でつぶやき、黎司が真頼の身体を強く抱きしめた。

そのまま身体が押し倒され、優しく、熱いキスが与えられる。身体がこすれ合い、中心がこすれ合った。

どうしよう。気持ちがいい――。

真頼は思わず目を閉じた。

発情している時とは違う。抱き合っているだけでも満たされる気がする。身体も、心も。

「そろそろもう一人くらいどうだ？　生意気なガキどもも悪くないが、パパ大好きっ、って言ってくれる子供も欲しい気がするな」

真頼の顔をのぞきこみ、黎司が真頼の腹のあたりを軽く撫でる。

「おまえが子供にめろめろになっているところは、ちょっと想像できないけどね」

「俺としては、おまえにめろめろなんだが」

吐息で笑った真頼に、黎司が得意げな顔で言った。

「どうだかな……」

てらいのないそんな言葉に、胸がむずむずする。なんとなく恥ずかしく、思わず視線を逸らせてしまう。

「おまえを幸せにするために生まれてきたのさ」

「もういい」

男の口を塞《ふさ》ぐため、真頼は自分からキスを仕掛けた——。

❦❦❦

この日、家に客が訪れることは、真頼も黎司から聞いていた。

どうやら黎司のビジネスパートナーであり、ライバルでもある男。

これまでは主に海外を主戦場にしていたため真頼も会う機会がなかったのだが、最近になって国内でのビジネス展開へ大きくシフトしたようだ。

「あいつが来ると手強《てごわ》くなるな…」

と、うなりながらも黎司が妙に楽しそうなのは、やはりおたがいに刺激し合える仲なのだろう。実際、同い年のいい友人でもあるらしい。

出会ったのは海外で、二十歳前後の頃だったようだ。おたがい異国の地で、がむしゃらにビジネスチャンスを狙っていた。気が合って、いつか一緒に大きな仕事をしよう、と気持ちを奮い立たせ、それを実現したわけだ。当初は共同でいくつか事業も興したらしい。

今では道が分かれた、というよりも、それぞれが得意分野へと自分の道を切り開いた、というところだろうか。もちろん今でも連携した事業展開を積極的に行っているし、プラグ型の抑制器も彼の企業が大きな販路の一つでもある。

仕事柄、おたがい家に客人を招くことは少なくなく、真頼も慣れていた。今回は特に仕事上の接待というわけでもなく、黎司も悪友が一人来るだけだ、と笑っていたので、真頼としても気楽に構えていた。黎司の友人に会えるのは楽しみでもある。

ただタイミングが悪く、ヒートの期間に入りかけていたが、抑制器で抑えられているので大きな問題はない。

約束の時間ちょうどに呼び鈴が響き、玄関まで迎えに出た黎司の、そんな機嫌のいい声が聞こえてくる。

「よう、来たか、帆高《ほだか》」

北見《きたみ》帆高という、真頼も名前は聞いていた。実業家としても著名な男で、黎司たち千東と並んで、いわゆる「新興」の一角に数えられる辣腕ぶりだ。

いかにも昔《むかし》馴染《なじ》みといった、共通の友人たちの消息を尋ねる賑やかな話し声が廊下に響き、そのままリビングへ案内してくる。

「ああ…、これは。真頼さんですね。ようやくお会いできた」

真頼の顔を見たとたん、男がパッと顔を輝かせた。

黎司と同じくらい長身だが、もう少し細身だろうか。軽快な雰囲気で、短めの明るい茶色の髪に、片耳のピアス。企業グループの社長などとは、言われなければわからないだろう。

形にとらわれないイケメン若手社長というところだが、さわやか、と惹句《じゃっく》がつけられないのは、若々しく軽やかな雰囲気に反して、やはり商売人らしい冷静さと計算高さがその目に見えるからか。要するに、財閥などの古い年寄り社長連中が甘く見て侮れば、痛い目を見る相手、ということだ。

まっすぐに真頼を見る眼差しにも、やはり値踏みするような色がある。

が、ありがちな、これがオメガの社長か、という意味ではなく、慎重に能力を推し量っている、という感じだ。

やはり仕事相手、というより友人の家を訪ねるイメージだったらしく、ノーネクタイにジャケットを羽織っただけのカジュアルな格好だった。

人当たりのいい笑顔で近づいて、ラフな様子で手を伸ばしてくる。

「私もお会いできてうれしいです。お噂《うわさ》はかねがね」

真頼も少しばかり意味ありげな笑みを浮かべ、握手を返した。

ふわり、と一瞬、漂った……香り、というか、空気に、やはりアルファか、と確信する。

抑制器で抑えてはいるが、どうしてもヒートの最中だとアルファに対しては少しばかり感じやすくなっている。

「ハハハ…、どうせろくでもない噂でしょう。あ、そうだ。昔の黎司の話、聞かせてあげますよ。俺たちが出会った頃の、向こうでやんちゃしてた時の」

「それはぜひ」

楽しげに言われ、にっこりとうなずいた真頼に、黎司が不服そうに横から口を出す。

「やんちゃしてたのはおまえだろ。俺がいつも後始末してやってたんだ」

「認識の違いだな」

澄ました顔で帆高がうそぶき、黎司が軽いパンチを腹に食らわせている。

なるほど、やはり気の置けないつきあいらしい。

黎司のそんな姿を見るのもめずらしく、真頼は微笑ましく二人を眺めてしまった。

考えてみれば、真頼にはそんな腹を割って話せる友人が一人もいないのだ。ずっとまわりに嘘《うそ》をつき続けてきたのだから、当然だろう。やはりちょっと、黎司をうらやましく思う。

それから子供たちとも引き合わせ、黎司の手料理を一緒に食べてあれこれ注文をつけ、和やかな時間が過ぎていく。

食後に、黎司が特製のデザートを用意している間、真頼はリビングのテーブルへコーヒーを出した。

「それにしても、黎司が料理をするなんてね」

帆高が感心したような、あきれたような口調でうなっている。

「意外とうまかったのがなんか悔しいな」

それに真頼はくすくすと笑った。

「たまに、急にやりたくなった時だけですよ。でも、私はもっと料理をしないので」

ほとんど家政婦任せで、実際に黎司の方がうまい。

ただ子供たちに「母の味」が何か一つあったらいいかもな、と黎司に言われて、ハンバーグだけオリジナルのレシピを考えて作っている。

「なるほど。あいつ、凝り性だが、飽きっぽいからな」

帆高が顎を撫でてうなずいている。

さすがに長いつきあいで、黎司のことをよく知っているようだ。

「それにしても、双子は本当にそっくりなんだな。区別、つきますか?」

感心したようにうなった帆高に、真頼は微笑んだ。

「ええ、それはさすがに」

「すごい。やっぱり母親だな」

「黎司はたまに間違えるみたいですね。二人が意識的にだまそうとすると」

「あ、双子あるあるのイタズラだな」

おもしろそうに帆高が笑った。

「あっ…と、……失礼しました」

と、うっかり真頼はティースプーンを帆高の足下の絨毯《じゅうたん》に落としてしまい、あわてて腰をかがめて拾い上げる。

「いや。とれますか？　俺が……、――え…っ」

頭の上で、やわらかだった帆高の口調がふいに固くなり、次の瞬間、いきなり腕がつかまれた。

「あなた……」

かすれた声が耳に届き、え？　と真頼は仰《あお》ぎ見るように顔を上げた。

強ばった表情でじっと真頼を見つめる視線とぶつかる。

「なにか？」

とまどって尋ねた真頼に、帆高がハッとしたように手を離した。

「ああ…、いや。申し訳ない」

とっさに目を逸らしてあやまられたものの、妙に気になる。

「おい。まさか、真頼を口説いていたんじゃないだろうな？」

その時、黎司の声が割って入って、同時に振り返った。

やはり微妙な空気を感じたのか、黎司が二人を見比べている。

「帆高。俺の奥さんに手を出すつもりなら、命がけで来いよ」

そして、いかにも冗談めかして、帆高に脅しをかける。

「……いや。だが、それだけの価値はありそうだな。想像以上の美人だ」

帆高がそれにさらりと返した。

「それに賢い」

澄まして付け足した黎司に、おい、と真頼は軽くにらむ。

「ああ、もちろん知ってるさ。千東黎司の令夫人は手強い実業家だとね」

にやりと笑った帆高に、黎司が細かく訂正した。

「千東真頼が慎重で手強い実業家なんだ」

「もういいよ」

黎司が真頼を一個の人間として、一人の仕事仲間として、認めてくれているのはうれしい。が、言葉にされると照れくさくもある。

「おまえにはもったいないよ。俺が捕まえておくべきだったな」

「もう遅い」

真頼をネタにそんなふうに盛り上がられるのも、少しばかり居心地が悪い。

だが、さっきのはいったい何だったんだろう？　と思う。気がつくと、それからは時々、じっと見られているような気もする。

何かあるのなら、はっきりさせておきたかった。黎司のいい友人なのだ。妙なわだかまりを持ちたくない。

黎司に急な仕事の確認の電話が入ったタイミングで、真頼は庭を案内します、という口実で、帆高を外へ連れ出した。

真頼がオメガだということが生理的に嫌だとか、そういう問題であれば正直、どうしようもないのだが、それはここに来る前からわかっているはずのことだ。

だが、何をどうやって聞けばいいいんだろう、と考えているうちに、半歩後ろを歩いていた帆高がふいに立ち止まった。

「帆高さん?」

少し行ってからそれに気づき、真頼はようやく振り返る。

ポケットに片手を突っこみ、じっと真正面から真頼を眺めて、帆高が静かに言った。

「真頼さん。あなた…、ジョーカーだよね?」

「え?」

一瞬、何を言われたのかわからなかった。

すでに忘れていた名前だ。そして理解した瞬間、一気に体温が下がった気がした。

ジョーカーは、かつて真頼が自分のヒートを解放するために作った高級娼館での源氏名だ。

店自体は今も経営を続けているが、真頼自身はもちろん、すでに店には出ていない。

もちろん素性は隠していたし、今になってその名前を聞くとは思ってもいなかった。

「どうして……?」

知らずこぼれた声がかすれてしまう。

「そりゃ、あなたは覚えてないか。俺は大勢の客の中の一人だ」

帆高が苦笑いする。

——客……。

真頼は呆然《ぼうぜん》と帆高を眺める。が、やはり覚えてはいなかった。

同じ客とは一度きりと決めていたし、いちいち顔を覚えるつもりもなかった。

「一度だけ、あなたの客になったことがある。当然、一度だけだよな。ジョーカーは二度、同じ客とは寝ない」

思い出させるような帆高の言葉が胸に突き刺さる。

「でも忘れられなくてね。実は何度も通ったんだ。八年くらい前かな…。結局、二度と顔を見ることもできなくて、あきらめるしかなかったけど」

淡々と、だがどこか熱っぽく、帆高が続ける。

「顔はずっと仮面だったからわからなかったんだが、角度かな…。さっきかがんだ時のうなじから肩のラインを見て、なんか一気にあの夜のことが脳裏によみがえったよ」

真頼は思わず目を閉じた。ぶるっと身体が震える。

そういうことがあるのか、と静かな絶望が押しよせた。

否定しようのない過去だ。獣のように、何人もの男たちに腰を振り、くわえこみ、抱かれてきた。それがオメガの性《さが》なのだ。

「そうか…、なるほど。……失敗したな」

いろいろと考え合わせたように、帆高がわずかに天を仰いでため息をついた。

「実は黎司にあの店のことを教えたのは俺なんだよね。アルファの、オメガに対する抗フェロモン薬の臨床試験と、できればオメガが使う抑制器のモニターを探してる、って聞いたから。うまくいけば、ジョーカーの情報が手に入らないかと思ったんだが…、あいつ、ジョーカーとは会えなかったとか、言いやがって」

帆高がむっつりした顔で肩をすくめる。

つまり黎司は、真頼との約束を、名誉を、守ってくれたわけだ。

「千東…、いや、沙倉之真頼、あんただったのか……」

大きく息を吐き出すと、ゆっくりと帆高が近づいてくる。

「それで、どうするつもりだ？」

腹に力をこめ、真頼はにらむように男を見た。

実際のところ、黎司はその事実を——真頼が何人もの男に抱かれていたことは知っている。だが確かに、真頼が娼館で男をあさってヒートを抑えていた、などというのは、いい週刊誌ネタだ。オメガの実業家としては注目されているだけになおさらだろう。連中は、いつもそんなネタを探している。

「どうするかな……」

自分でも考えるようにつぶやいて、帆高が目の前で立ち止まる。

じっと確かめるみたいに真頼の顔を眺め、ふと大きく手を伸ばすと、いきなり真頼の腰を引き寄せた。指先が軽く、腰の奥を突いてくる。

「もしかしてあのプラグ、まだ入れてるのか？」

カッ…、と頬が熱くなり、反射的に真頼は男の身体を突き放した。

「何を……」

うろたえて、とっさに否定しようとしたが、かまわず帆高は事実を指摘した。

「つまり、黎司とは番になってないってことか。そういえば、噛み痕《あと》もないもんな」

そう、番がいれば、抑制器などつける必要はない。

「だったら俺にも、まだチャンスがあるってことだ」

さらりと言われたそんな言葉に、真頼は思わず目を見張った。

「そんなものはない」

ぴしゃりと返したが、さらに帆高は続けた。

「あの時、俺はあなたに運命を感じたんだよね」

「あいにくだったな。私は感じなかった」

強いて淡々と、真頼は突っぱねる。

「じゃあ、これから感じるかもしれない」

動じることなく、帆高はあっさりと言った。

「黎司からあなたを奪い取るのは難しそうだが、可能性はゼロじゃない。可能性があるうちはあきらめないのが俺の生き方でね。確かに黎司は手強い相手だが…、一度、本気でやり合ってみたいしな」

いかにも楽しげな、不敵な笑み。

「おもしろくなりそうだ」


帆高が帰ったあと、妙に疲れてソファに横になっていた真頼の耳に、どのくらいたった頃だろうか。遠くから子供たちの声が近づいてくるのがわかった。

「ママはリビングにいるよ」

と、黎司の声。

「それで、どうなんだ？」

「パパは最悪だよ！」

青李の声。またケンカでもしているのだろうか。

「ママはいつでも最高だけどねっ」

御空の声。

「もちろん、ママは一番だよ」

黎司の声。

優しく温かい、家族の声だ。

あとどのくらい、息子たちは自分のそばにいてくれるのだろうか……。そしてそのあとは、また黎司と二人になる。

ならば、今の四人での幸せを味わっておくべきだろう。

「ママ――ッ」

子供たちがそろって声を上げる。

「どうしたの？」

目を開けて、ソファから身を起こしたとたん。

パーン、パン、パーン！　とクラッカーが立て続けに鳴り響き、紙吹雪《かみふぶき》が頭から落ちてくる。

「ママ、お誕生日、おめでとうっ」

え？　と思った瞬間その言葉が耳に届く。

「ああ…、今日だったね」

自分の誕生日も忘れていた。

「ケーキ！　食べてっ。今朝、早起きして僕たちが作ったんだよ！」

わくわくした顔で青李が言う。

いつの間にか、目の前のテーブルには大きなホールケーキが準備されていた。ガタガタの文字で、「お誕生日おめでとう！　ママ」とちゃんと書かれている。チョコレートケーキだ。

「すごいね！　おいしそうだ」

御空がせっせと切り分けてくれたピースを、真頼は口に入れる。

「うん。ちょうどの甘さでおいしいよ」

よかった！　と歓声を上げると、自分たちもそれぞれ食べ始めた。

ちらっと黎司を見ると、イタズラっぽく微笑んでいる。

どうやらお客様のデザートと一緒に、本体は黎司が作ったのだろうか。

でも子供たちが覚えていてくれたのもうれしい。

この夜、子供たちを寝かせたあと、真頼は残ったケーキをコーヒーと一緒にリビングでつっついていた。

どうしても、昼間のことを思い出してしまう。

黎司には特に何も言うことはなく、来た時と変わりない様子で帆高は帰っていった。

「これからは真頼さんにも、俺のことをもっとよく知ってほしいね」

ただ帰り際、さりげなく言った言葉を、真頼としてはどうしても深い意味に受け止めてしまう。

かつて真頼が「ジョーカー」だった時、帆高と関係があった——、と暴露されて、多分、困るわけではない。黎司は真頼の過去をすべて知っている。

そう、帆高が黎司にあの娼館を勧めたというのなら、帆高が真頼の客だったことも知っているのだろう。

だが今になってそれを蒸し返して、気まずい思いはさせたくない。

なにより帆高は……、本気で自分を黎司から奪い取るつもりなのだろうか？

自分の気持ちが、黎司から他の男に移るなどということはあり得ないのに。

「まさか帆高に惚《ほ》れたんじゃないだろうな？」

ぼんやりとしてしまった真頼に、いつの間にか近づいていた黎司が隣に腰を下ろしながらうかがうように聞いてくる。

「まさか…」

明らかに冗談だとわかる口調だったが、とっさに笑った顔が引きつっている気がした。

「ま、あいつもいい男だからな。……俺ほどじゃないが」

「自分で言うか」

スカした言葉に、真頼はちょっと笑ってしまった。

「おまえはそう思ってくれないのか？」

しかし期待に満ちた目で見つめられ、真頼はふいに胸が苦しくなった。なぜか切ない思いで、胸がいっぱいになる。

「思ってるよ」

静かに答えると、予想外だったのか、黎司がちょっと目を見開いた。

「いいな。今日はツンデレのデレモードか？　めずらしい」

「めずらしくはないと思うが」

「いいや。ツンツンツン、デレ、ツンツンツンツン、くらいの割合だな」

真面目《まじめ》な顔で言われて、思わず噴き出してしまう。

何でもないやりとりがこんな愛《いと》おしい。

自分の得た幸せは、本当はとても脆《もろ》いものなのかもしれない……。

ふと、そんな気がした。

❦❦❦

それからひと月ほどが過ぎたこの日、真頼は沙倉之の本邸を訪れていた。

七年ぶりだ。

父から急な呼び出しを受けたからだが、沙倉之から籍の離れた今では、そんな一方的な命令に応《こた》える義理はない。

だが、やはり血のつながった父だ。孫たちの顔を一度も見せていなかったし、もう何年も患っている病状も気にはなる。どう考えても、七年前の真頼の事件は、父の病を悪化させる要因になったとしても、逆はない。それなりに責任は感じていた。

……父に、真実を伝えられなかったことを、だ。ずっと嘘をつき続けてきた。

ひさしぶりの実家は、懐かしい、とも思うが、同時にひどくよそよそしくも感じる。

二人の子供たちは、初めて訪れる場所に興味津々《しんしん》だった。

今の家も郊外のかなり大きな邸宅だったが、やはり沙倉之の大きさと、歴史的な重厚感には到底かなわない。

「あっ、すごい！　お庭、広いっ」

「池がおっきいよ。ほらっ、きれいな魚っ」

はしゃぎまわる子供たちをなんとか中へ入れ、取り次ぎを頼むと、見覚えのある男が応接室へと案内した。中原のあとを受けて執事に昇格したのだろう。

中には、すでに父がすわって待っていた。

痩せた小さな身体が、大きなソファに収まっている。杖《つえ》をついてはいたが、どうやらベッドから起きられるようで、少し安心する。

それだけでなく、腹違いの兄である政興《まさおき》と哲生《てつお》の姿もあった。かつて真頼が関わっていた仕事のほとんどは、この二人が引き継いだはずだ。部屋に入ったとたん、いらだたしげに真頼をにらみつけてくる。

母の姿はなかったが、もう何年も前に本邸を離れ、田舎の別荘へ引っこんでいると聞いていた。オメガの子を産んだ、というまわりからの中傷に耐えられないのだろう。母も気の毒な人だとは思う。

真頼にとっても、今の沙倉之の家は敵地なのだ。

「ご無沙汰《ぶさた》しております、お父さん。お兄たちさんも」

腹に力をこめつつ、真頼は強いて微笑んで挨拶した。

「まったく…、よくも恥ずかしげもなく、この家に足を踏み入れられたものだな」

憎々しげに政興が吐き捨てる。

「呼ばれたので来ただけですが…、ご用がないのでしたらこのまま帰らせていただきます」

さらりと答え、踵《きびす》を返そうとした真頼に、父が「政興！」と震える声で一喝した。

身体が弱ってはいても、まだまだ沙倉之の当主という威厳と権力は健在のようだ。

政興が悔しそうに唇を噛む。

どうやらこの兄は、父の覚えがめでたくはないらしい。まあ、あの仕事ぶりでは無理もないだろう。

「その子らがわしの孫か？」

父が顎で子供たちを指して、低く尋ねた。

とげとげしい雰囲気に呑まれたのか、子供たちはあたりをうかがうように黙りこみ、無意識にか真頼の身体にぴったりとくっついている。

「青李と御空です。お祖父様にご挨拶を」

うながすと、こんにちは、とだけ小さく口にする。

「ああ…、よく来たな」

父としてはどうやら精いっぱい優しい声を孫たちにかけると、続けて言った。

「真頼と話をしている間、好きに遊んでくるといい。おもしろい場所がたくさんあるからな」

どうしたらいい？　と聞くみたいに真頼の顔を見上げてきた子供たちに、行っておいで、と真頼はうなずく。

扉のところに立ったままだった執事が、子供たちを連れ出した。

「元気そうだな」

七年ぶりの息子の顔を、父がじろじろと眺めながら言った。

二人の兄たちも、何かちょっととまどうように真頼を見ているのは、昔とは少し雰囲気が変わったせいだろうか。

昔は、父や兄たちの前では、恐いくらいに張りつめていた。秘密を守るため、家を守るために精いっぱい、武装していたのだ。

今はその呪縛が解け、余裕ができたのかもしれない。

「人妻か……。なるほどな」

哲生が妙にいやらしい顔でポツリとつぶやいたところをみると、オメガとは別のフェロモンを感じたのだろうか。あるいはオメガだと認識することで、下劣な想像を働かせたのかもしれない。

すわりなさい、と言われて父の正面の席に腰を下ろした真頼は、単刀直入に口にした。

「お父さんもお元気そうでなによりです。それで、どういうご用でしょう?」

長居をするつもりはなかった。何の話かは知らないが、さっさと終わらせたい。

ふん、と父が小さく鼻を鳴らし、じろりと兄たちをにらんだ。

「このところ、沙倉之の業績が著しく悪化している」

はっきりと言った父に、真頼も淡々と返した。

「そのようですね」

昔、真頼が手がけていた会社の動向は、真頼も気にして追いかけている。正直、腹立たしくもあった。せっかく自分が苦労してあそこまで育てたものを、という思いだ。

「おまえが放り出したせいだろうが!」

我慢しきれず、政興が声を荒らげる。

「放り出した? 私を放り出したのは沙倉之の方だと思いますが。私の意志に関係なく、職を解かれたわけですし」

「おまえがオメガだったせいだ！　そのせいで、どれだけ俺たちが尻ぬぐいさせられたか…ッ」

「どんな尻ぬぐいでしょう？」

わめき立てた哲生に向き直り、真頼は冷ややかに聞き返した。

「い、いろいろだ！　取引先にあやまってまわったりな！」

バカバカしい、と口にするのも面倒で、真頼は肩をすくめた。

「確かにイメージは悪くなったのかもしれませんね。申し訳ありません。でもオメガである私よりも優秀なアルファの兄さんたちなら、私よりも遥かにうまく会社を切り盛りされているはずでは？　それにしては、実績が追いついていないようですが」

あからさまな皮肉に、政興が頭に血を上らせる。

「ふざけるなっ！　おまえがいくつか俺たちの会社を乗っ取ったのはわかってるんだぞっ」

「言い方が悪いですが…、まあ、いいでしょう。……ええ。今のままでは会社が立ち行かなくなると、旧知の社員たちに泣きつかれたものですから」

わずかに眉を寄せ、真頼はおもむろに足を組んだ。

「せっかく業績が上向いていたにもかかわらず、現場も知らない新しい社長が自分勝手なシステムに変えたおかげで、もうめちゃくちゃだと。おかげさまで、今はもとのシステムにもどしましたし、さらに効率化を進めましたので、業績は持ち直していますよ。何でしたらデータをお見せしましょうか？」

「なっ…、ただ結果が出るまでに時間がかかっただけだ！　それをおまえが裏から手をまわして横取りしやがって…っ」

政興が立ち上がってわめき立てる。

「後先考えずに兄さんが身売りを急いでいましたから、買いたたかれて社員たちが解雇される前に、私が買い取らせていただいただけですよ」

「なんだとっ！　おまえだとわかっていれば――」

「もういい」

ぴしゃりと父が兄弟たちの不毛な諍《いさか》いをぶち切った。

どうやら跡継ぎたちがあまりにもふがいないせいで、病床の父が気力で踏ん張っているのだとしたら、それはそれでケガの功名と言えるのかもしれない。

「おまえには期待をかけていたが、オメガでは沙倉之の当主にはできん。かといって、このバカどもはどうやらその器ではないらしい」

「そんな……！」

「お、お父さん……！」

容赦のない言葉に、兄たちが顔色を変えて腰を浮かせる。

「いろいろと考えた結果、おまえの息子たちを沙倉之で引き取ることにした」

「え？」

決定事項として言われ、真頼は大きく目を見開いた。一瞬、頭の中が真っ白になる。

「調べたところ、なかなか優秀な息子たちのようだな。父親はアルファだし、その子供がアルファである可能性も高い。今から教育すれば、どちらかは沙倉之の優秀な跡継ぎになれるだろう」

「ちょっと待ってください！」

真頼は思わず立ち上がった。

だが意に介さず、父は満足そうな顔で続ける。

「安心するがいい。まだ幼い子供たちを母親と引き離そうなどとは思わんよ。おまえも一緒に沙倉之にもどればいい。子供たちの後見人として、一族の仕事を代行することも許そう」

身勝手な父の言葉に、真頼は啞然《あぜん》とした。

要するに、オメガの真頼を表には出せないが、沙倉之のために仕事はしろ、ということだ。

しかも子供たちも取り上げて。

ふざけるな、と叫びたいところだった。だがそれが父の、沙倉之の理論なのだ。

いずれ子供たちは沙倉之のあとを継げる。それをありがたいと思わない人間などいるはずがない、という感覚だ。

「お父さん！　それでは俺たちは……」

父の決定を初めて聞いたのか、兄たちが血相を変えている。

政興などは、近い将来、自分が沙倉之の当主になる心積もりだったのだろう。

「おまえたちにできるのは使い走りくらいだ。アルファのくせに情けない…。もう一度、検査をやり直した方がいいかもしれんな」

ふん、と父が鼻を鳴らす。

「真頼…、きさま、どこまで俺たちの邪魔をする気だ！」

政興がわめいたが、まったくのとばっちりでしかない。

立ったまま真頼は大きく息を吸いこんで、まっすぐに父親をにらんだ。

「お父さん、はっきり言っておきます。私は沙倉之を出た人間ですし、子供たちも沙倉之とは関係ありません。子供たちを沙倉之の後継者にするつもりはありませんので、別の人間を見つけてください」

「なんだと……？」

そんな反論は思いもしなかったようで、父がカッと目を見開いた。

「おまえは沙倉之の存続を何だと思っている！」

「なりたい人間はいくらでもいるでしょう。兄さんたちが不適格だということでしたら、親戚中を探せばいい。私は関わる気はありません」

「真頼、きさまは……」

父が声を震わせ、絶句した。

「それで沙倉之が潰れるのでしたら、その程度の家なのでは？」

それだけ言い捨てると、失礼します、とだけ短く挨拶し、真頼は足早に玄関ホールまでもどった。

「あお！　そら！」

玄関ホールで二階に向けて大きく呼びかけると、しばらくしてパタパタと走ってくる軽い靴音が聞こえてくる。

「ママ――っ！」

「すごくいっぱい本があったよ」

「クリスタルのチェスボードとかっ」

口々に探検の結果を報告する。

それなりに楽しく過ごせたようでよかった。とりあえず、父にも孫の顔は見せたし、もう義務は果たした、という気がした。

もうこれ以上は関わらない。

その気持ちを強くする。

「さ、帰ろう」

二人の手を引いて、真頼は薄暗い玄関ホールを抜けて外へ出た。太陽の眩《まぶ》しさと風の心地よさにホッと息をつく。

門まで続く長いアプローチの途中で、ふと、真頼は足を止めた。

広い庭の奥まったところ、大きな木の陰にくすんだ白い壁が見える。窓は少なく、堅牢《けんろう》な建物だ。かつては蔵として使われていたのだろう。

……いや、そうではない。

ずきん、と胸が痛んだ。

幼い日に見てしまった光景が目に浮かんでくる。

あの場所は座敷牢だったのだ。一人の男が入れられていた。

家の者には、あそこには近づくな、と厳命されていたが、好奇心に負けてのぞいてしまい、彼と出会った。病気なんだよ、と淋しそうに笑った彼のもとへ、真頼はこっそりと何度か通った。きれいな虫とか、お菓子とか、工作で作った知恵の輪なんかを持って。

だがある日、何人もの男に身を任せ、よがり狂っている彼の姿を見てしまった。

彼は、オメガだったのだ。そしてただそのために、沙倉之の恥部として幽閉されていた。

何も理解できないまま、ただ恐くて、真頼は逃げた。それ以来、一度もあの場所へ行くことはなかった。

だがひとりぼっちの彼を見捨ててしまったようで、ずっと苦しかった。彼は真頼が来るのを楽しみにしてくれていたのに。

ずっと気にかかっていたが、いつしか常に入り口の前について見張りはいなくなり、どうやら彼もいなくなったようだとわかった。別の場所へ移されたのかもしれない。

おそらく、真頼の大叔父《おおおじ》に当たる人だ。祖父の年の離れた弟で、沙倉之真路《まさみち》、という名前を、あとになって調べて知った。

だが彼の存在は、一族の中ですでに消されていた。今、生きているのか、死んだのかもわからない。気にかける人間もいない。

もし子供の時点で自分がオメガだと知られていたら……、この沙倉之の家で自分はどう扱われていたのだろう？

あの人の姿は、自分自身だった。

同じように幽閉され、ただヒートを解放するためだけに定期的に男を与えられる。

それを想像すると、ぞっとした。

あの人のために、自分が何か…、できたはずなのに。

そんな後悔は、いつまでも消えないでいた。

「ママ？」

ふいに手が引っ張られ、ハッと我に返る。

「ああ…、ごめんね。行こうか」

なんとか笑顔を作った真頼に、もう一人もギュッと腕をつかむ。

「ねえ、あの人、パパのお友達？」

「え？」

ようやく真頼は近づいてくる靴音に気づき、顔を上げる。思わず目を見開いた。

「帆高さん……」

髪やピアスはそのままだったが、この間とは違ってきちんとしたスーツ姿だ。

真頼を見て、帆高がゆったりと笑った。

「奇遇ですね、真頼さん。……というほどでもないか。あなたの実家だ」

「どうしてあなたが？」

とまどって、少しばかり声がうわずる。

「仕事ですよ」

さらりと答えた帆高が、ふとさっきまで真頼が見ていた方向へ視線を向ける。

「蔵、ですか。さすがに立派なものですね。……中、何が入ってるんですか？」

何気なく聞かれたが、真頼には答えようがない。今、どうなっているのかもわからない。

「北見様。お待ちしておりました」

答えあぐねているうちに、背中から執事の声がかかった。

どうやらアポイントがあったようだ。

では失礼、と軽く言って、帆高が横を通り過ぎる。

どうして帆高が沙倉之に……？

もちろん、本当にビジネスということは十分にあり得る。

だが財閥からすると、千東や北見のような「新興」の躍進をよく思ってはいない。目障《めざわ》りな存在は、早めに潰すか、取り込むか、その二択になる。

帆高が、沙倉之と手を組むようなことはあるだろうか……？

沙倉之は真頼の子供たちを欲しがっている。そして、帆高は真頼を。

油断はできなかった。

「さ、帰ろう。今日はハンバーグを作ろうか」

ワーッ！　と左右から歓声が上がる。

真頼はギュッと、二人の小さな手を握りしめた。

——絶対に、守ってみせる。

「ほう…、青李か御空を沙倉之の後継者にね」

その夜、父からの話を伝えると、さすがに驚いたように黎司がうなった。

「まあ、一般的には棚ぼたというか、宝くじに当たったような幸運なんだろうがな」

「黎司！」

首筋を掻きながらのんびりと言われて、真頼は思わず声を荒らげた。

悪い、というように、黎司が手を上げる。

「わかってる。俺だって子供たちを渡す気はないさ。だが、ちょっとやっかいだな」

渋い顔で顎を撫でた。

「沙倉之が…、父がおとなしくあきらめてくれるとは思えない」

真頼は唇を嚙んだ。

あそこで啖呵《たんか》を切ったものの、父には真頼が断ることなど想定外だっただろうし、メンツを潰されて素直に引き下がるとも思えない。

「そうだな。実際、沙倉之の後継者不足は深刻そうだ。もちろん、なりたいやつは多いだろうが、能力が追いついてない。……おまえほど優秀な人材を失ったあとなら、なおさらだろう」

微笑んで、ソファにすわっていた黎司が真頼の腰を引き寄せる。

わずかによろけて、真頼は男の膝に倒れこんだ。

「俺は幸運だったたな」

しっかりと真頼を抱きかかえ、黎司が耳元に言葉を落とす。

「そんなことを言ってる場合か」

ちょっと赤くなりつつ、真頼はことさら邪険に男の顔を突き放した。そしてわずかににらむようにして訴える。

「真面目な話だ。沙倉之と全面的にやり合うことになれば、こちらの体力がもたないかもしれない」

資金力や社会的な影響力を考えれば、沙倉之は千東の事業すべてを封鎖することだって、やろうと思えばできるだろう。他の財閥の協力を仰ぐこともいとわなければ。沙倉之が本気で潰す気だ、という姿勢を見せただけで、手を引く取引先が出ることもあり得る。

きっと、こちらが泣いて詫《わ》びを入れるまで、徹底的に潰しにかかってくる。

「まぁ、そうだな」

淡々とした口調で黎司が言った。

黎司の肩口に顔を預けた体勢で、黎司の表情は見えなかったが、背中にまわった両腕にわずかに力がこもったのがわかる。

いざとなれば、この国での事業をすべて引き上げて、海外へ移る想定もしておく必要がある。逃げるようで嫌だが、子供たちを守るためには仕方がない。だがそれは、多くの社員たちを犠牲にすることにもなる。

「……やっかいなことばかりだな。私に関わったおかげで」

思わずつぶやいた真頼に、大きな手が優しく真頼の髪を撫でた。

「大丈夫。真頼が俺を信じてくれてれば。おまえが俺を選んでくれたから…、俺はどんなことでもできる。俺も、子供たちも、おまえを守るから」

穏やかな、しかし力強い言葉に、ちょっと泣きそうになった。

自分じゃない。子供たちや黎司を、自分が守らなければならないのに。

それでも一人じゃないと思えることは心強かった。戦っていける。

「まァ、俺もただやられるつもりはないさ」

ぽんぽん、と黎司が真頼の背中をたたく。

「だからおまえも……、覚悟はしてくれ」

そして、静かな言葉。

顔を上げ、黎司の目を見て、真頼はしっかりとうなずいた。

「ああ」

もちろん覚悟はできている。

思い出して、真頼は口を開いた。

「そういえば、帰りに帆高さんに会ったよ。沙倉之の家に出入りしているようだったが」

「帆高に？」

黎司がわずかに首をかしげる。

「まぁ、この国で商売しようと思えば、どこかで財閥とは関わるからな…」

が、深刻には考えていないようだ。

「彼が……、敵にまわるということもあるんじゃないのか？」

少しうかがうように確認してしまう。

「それは状況次第だな。自分から財閥にしっぽを振るような男じゃない。だが、帆高があえて沙倉之と敵対するリスクを負う必要もない」

考えながら慎重に言った黎司に、真頼は小さく唇を噛んだ。

……そういうことじゃない。

はっきりと言えないもどかしさを覚えるが、彼がどういうつもりなのか、はっきりしないままに、黎司の友人を疑うようなことも口にしたくはない。それで友情を壊すことにもなりかねないのだ。

だが、用心する必要はあった。

「十分に気をつけてくれ。沙倉之はどんな手を使ってくるかわからない」

ぎゅっと男の首に腕をまわして、しがみついて。

何も言えず、ただそれだけを真頼は言った。

「ああ、心配ない」

黎司が穏やかに答えてうなずく。

「俺も命がけで戦う準備はしておくさ」


だが黎司が暴行容疑で逮捕されたのは、それから二週間後のことだった――。

❦❦❦

「どういうことだ!?」

黎司が逮捕された、という知らせを真頼が受けたのは、いつも通りに出社し、いつも通りにオフィスの部屋で仕事をしていた午後のことだった。

聞いた瞬間は、意味がわからなかった。

――黎司が逮捕？　暴行……？　誰に？

「それが…、黎司様の運転手をしていた男が訴えたという話ですが」

真頼の個人秘書である水尾が、やはり強ばった顔で報告する。

「運転手？　いや、だが彼は……、――していた男？　今の運転手ではなく？」

今の運転手は真頼も顔見知りで、家に迎えにきた時には挨拶を交わしている。穏やかな初老の男だ。

「ええ、以前に務めていた男のようです。半年前に解雇されたらしくて」

そうだ。勤務状態に問題があり、さらに……そう、その男こそ、社内のオメガの男性に暴行まがいのセクハラがあったことが発覚し、ほんのひと月足らずで解雇したのだと黎司に聞いていた。

「そんな……」

真頼は絶句した。

黎司に暴行の事実があったとも思えないが、半年も前の話を今頃？

違和感がぬぐえない。

だがすぐに思いついた。

「まさか、沙倉之の父が……」

「はい。もしかすると」

呆然とつぶやいた真頼に、水尾もうなずいた。

以前から真頼の秘密を知っていた水尾は腹心の部下であり、沙倉之との件も話してある。すぐに察しをつけたようだ。

沙倉之が手をまわしたのだ——、と。

おそらく真頼や黎司のまわりを徹底的に調べ上げ、使えそうな人間を探したのだ。金で動かせる人間を。解雇された運転手などは黎司を逆恨みしている可能性もあるし、大金を目の前に積まれれば、いくらでも偽証くらいするだろう。

ハッ、と真頼は気がついた。

「今すぐに帰る。車を」

ぴしゃりと言うと、はい、と水尾が素早い返事を返す。

子供たちをどこかへ移した方がいい。

そんなとっさの判断があった。

……いや、それよりも先に電話だ。執事の中原に言って、ホテルかどこかへ二人をいったん避難させた方がいい。

真頼は急いで携帯を手に取った。

——と同時に、けたたましく着信音が鳴り出す。

画面に出た発信者の名前は、その中原だ。

瞬間、血の気が引いた。悪い予感に、心臓がつかまれたような気がした。

執事の中原から、仕事中の真頼に連絡が入るほどの緊急時は、かつてなかった。

……あるいは、そうだ。中原も黎司の逮捕のニュースを聞いたのかもしれない。

祈るような思いで、真頼は電話に出る。

『——真頼様』

とたんに切迫した声が耳に飛びこんできた。常に冷静な中原らしくない。

「子供たちは大丈夫か？」

携帯を握りしめ、真っ先に尋ねる。

『それが…、今しがた福祉局の職員が警察官とともにこちらに来られまして』

「福祉局……?」

知らず、声が震える。

混乱はしたが、その中でもはっきりと予感があった。

『黎司様の逮捕を受け、児童虐待の恐れがあるので、青李様、御空様を保護すると』

強ばってはいたが整然とした言葉に、真頼は息を呑んだ。

「保護……」

『はい。沙倉之の…、血縁のもとへ、と』

瞬間、真頼は歯を食いしばった。まさか、と、やはり、という思いが入り混じる。

そこまで手をまわしたのか…、と愕然《がくぜん》とした。そんなことが許されるのか、と。

だが許されたのだろう。沙倉之になら。

どれだけ大きな権力を相手にしているのか、初めて実感した気がした。

わかった、とだけ、真頼はかすれた声で返し、電話を切る。

「真頼様……」

横で見守っていた水尾がおそるおそる声をかけてくる。

大きく息を吐き出し、ようやく真頼は答えた。

「子供たちが沙倉之の父に連れていかれたようだ」

自分で口にしながら、その事実を噛みしめる。

水尾が大きく息を吸いこんだ。

「どうされますか？　どうやらマスコミが事件を嗅ぎつけたらしく、電話での問い合わせが立てこみ始めたようです。本社に記者たちが押し寄せるのも時間の問題でしょう。黎司様の会社の方からも、この先の対処についての相談がきています」

「そう、だな……」

デスクに両手をつき、真頼はなんとか気持ちを静めようとした。

子供たちのことは心配だが、とりあえず命の危険はないはずだ。沙倉之の跡取りにしたいのなら、ある意味、世界中のどこよりも安全だと言える。

……とりもどすのが、果てしなく困難にはなるが。

今は目の前の問題に対処する必要があった。黎司がいない今、真頼が多くのことを決断する責任を負わなければならない。

黎司は「千東グループ」の会長であり、取締役を務める個々の会社も多い。真頼はグループとは別のいくつかの会社に直接関わっていたが、同時に「千東グループ」の幹部にも名前を連ねている。事実上の副会長であり、いくつかの会社のオーナー夫人であり、夫が逮捕されたとなると、当然、矢面に立つ必要があった。

「まず…、黎司の逮捕について、正確な事実関係の確認を急いでくれ。容疑の罪状と…、どこに勾留されたのか。保釈の条件についても頼む。……ああ、いや、先に弁護士に連絡をつけて調べてもらった方がいいな」

そうだ。そもそもこんな事件で、何の前触れもなくいきなり逮捕というのもおかしい。訴えを受けて、普通ならば事前に、本人への事情聴取くらいあるはずだろう。

「はい」

一言も取りこぼしがないように、真剣な面持《おもも》ちで水尾がうなずく。

「三十分後にグループ各社の社長とのネットミーティングを手配してくれ。マスコミには三時間後に本社ロビーでコメントを出すと通達を」

テキパキと指示を出した真頼に、わかりました、と水尾が答えて、いったんオフィスを出た。

その間にも真頼の携帯には、個人的な知り合いから次々と心配と様子をうかがうようなメッセージや着信が入り始めていたが、すべて無視する。

そしてまず、沙倉之の実家へ電話を入れた。

「真頼だ。父に取り次いでくれ」

応対した執事に、つっけんどんに伝えると、もちろんわかっていたのだろう、すぐに相手が父に代わった。

『……真頼か』

低く笑うように言われ、怒りで全身が震え出す。

「どういうつもりですか!」

父の声が耳に入った瞬間、真頼は叫んでいた。

「あなたのしたことは誘拐ですよ」

『おかしなことを言う。正規の手続きを踏んだ措置だ。大事な孫だからな。犯罪者の父親のもとになど置いておくわけにはいかん』

「ふざけないでください。あなたが金を渡して訴えさせただけでしょう。そんな理不尽なやり方がいつまでも通用すると思っているんですか？　すぐにでも黎司は釈放されますよ」

厳しい糾弾に、父が鼻を鳴らす。

『現実を見ろ。逮捕されたという事実だけで、どれだけのダメージがあるのか。明日の株価が楽しみだな』

「それが沙倉之のやり方というわけですね。恥知らずにもほどがある。そんなクズみたいな人間に、子供たちを任せられるとお思いですか？」

拳をきつく握りしめたまま、さらに激しく非難した真頼に、さすがに父がいらだたしげに吐き出した。

『言葉に気をつけろ。実の親に向かって言う台詞《せりふ》ではないぞ』

「私の家族は、黎司と子供たちだけです」

ぴしゃりと真頼は言い切った。

鼻白んだように父が黙りこみ、そしていくぶん懐柔するような口調で口を開いた。

『おまえさえその気になれば、相手方とは示談を進めてやる』

「……示談？」

真頼は思わず息を吸いこんだ。

それが黎司を今の状況から助け出す一番早く、簡単な方法だということはわかる。だがそれは、容疑を認めることに他ならなかった。もちろん、沙倉之はそれをたてにとって、正式に子供たちを奪い取るつもりだろう。

『実の父親が檻《おり》の中では、さすがに子供たちも気の毒だからな。体裁も悪い。……たとえ、二度と会えない父親だったとしてもな』

せせら笑うようなそんな言葉に、血が逆流しそうになる。

「その必要はありません。黎司は戦いますよ。たとえ沙倉之が相手でもね」

『よく考えることだ。……まぁ、心配はいらんよ。子供たちはわしが立派に育ててやる』

きっぱりと拒否した真頼に、父が余裕を見せるように笑うと、通話が切れた。

荒い息をつき、真頼は携帯をデスクにたたきつける。

……どうすればいい？

頭をめまぐるしく回転させるが、すぐには方策も浮かばない。

自分が、何とかしなければならないのに。黎司を助け、子供たちを取りもどさなければ。

「真頼様」

と、ノックとともに水尾が入ってくる。

「弁護士の先生がおいでになりました」

「ああ…、お通ししてくれ」

呼吸を静め、冷静に真頼は言った。

とにかく今は、できることをするしかなかった——。


やはり沙倉之の圧力があるのか、黎司との面会も認められない状況がもう二週間ほども続いていた。

黎司は一貫して罪状を否認しているようだが、その間もずっと、真頼は世間の注目を集めていた。財閥出身のオメガを妻に持つ、今、大きな飛躍を遂げている「新興」のセレブオーナーのスキャンダルだ。沙倉之がわざわざ煽《あお》らなくとも、マスコミが飛びつかないわけはない。

真頼は連日、カメラのフラッシュにさらされた。

「もちろん無実を信じています。いずれはっきりするでしょう」

心ない中傷や暴言も浴びたが、気丈にカメラの前に立ち、臆することなく、その発言を繰り返した。

当然、仕事への影響も出ており、その対応にもかなりの時間と労力をとられていた。

そんな中、帆高が一度、会社を訪れた。

大きな取引先の一つでもあり、プライベートな友人関係からしても、様子を見にくること自体は、おかしなことではない。

ただ真頼としては、どうしても少し、警戒してしまう。

「大変なことになりましたね」

向き合って応接室のソファに腰を下ろすと、帆高が切り出した。

「大丈夫ですか、真頼さんは？　ほとんど寝てないように見える」

「私は大丈夫ですよ。黎司の方が大変な時ですから。……今日は、仕事のことでおいでいただいたんでしょうか？」

強いて事務的な口調で真頼は尋ねた。

北見グループの会社とも、取り引きは多岐にわたっている。黎司と個人的な友人関係であったとしても、ビジネスで見れば今は手を引く、という経営者の判断があったとしても責められることではない。

「ああ…、いや。どちらかと言えばプライベートで。実は昨日、黎司と面会してきてね。あなたに、自分は大丈夫だから心配するな、と伝えてくれということだったので」

「黎司と会ったんですか？　なぜあなたが？」

真頼は思わず目を見開いた。

配偶者である自分よりも先に面会の許可が出る、という意味がわからない。

「さあ、どうしてかな。配偶者だからこそ、証拠隠滅などのおそれがあるという判断かもしれない。黎司は罪状を認めていないしね」

とぼけるように、帆高が微笑む。

あるいは、沙倉之の力が働いた……、ということだろうか？　だが、なぜ……？

そんなことを考えたタイミングで、帆高が口を開いた。

「そういえば、沙倉之のお父上からも伝言を預かってますよ。そろそろバカ騒ぎは終わりにして、大人になったらどうか、と。もう結果は見えているのだから、ムダに長引かせるのは愚か者のすることだ、……だそうです」

どこかおもしろそうに言われたそんな言葉に、思わず身が引き締まった。にらむように帆高を見つめてしまう。

「あなたは父のメッセンジャーなんですか？　黎司の友人なのだと思っていましたが」

「もちろん、黎司のことは心配している。……ただまあ、もし黎司がこのまま投獄されて、子供たちも沙倉之で暮らすようになり、あなたが一人になったら……、俺にもチャンスがあるのかな、ってね。正直、考えないこともないけど」

「帆高さん…！」

思わず声を荒らげた真頼を、帆高はまっすぐに見つめた。

「冗談…、というつもりはないですよ。本気の部分もある。ただ黎司は友人だ。あいつを無実の罪に落として、あなたを手に入れられるとは思っていない」

少しばかり意外な思いで、真頼は小さく息をついた。肩の力を抜いて、ソファにすわり直す。

「無実の罪だと、知っているわけですね?」

「まぁ、それは。沙倉之が手をまわしたんだな、くらいはね。お父上もいつまでも黎司を犯罪者にしておくつもりはないと思いますけど。子供たちの父親だし…、あなたが強情だから長引いているだけで、本当はもっと簡単にケリがつくものと思っていたはずですよ」

いったいどっちの味方なんだ? と、真頼はうかがうように帆高を眺めてしまう。

「帆高さん、あなたは沙倉之の家に出入りしているようですけど、沙倉之に身売りするわけじゃないでしょう?」

「ハハ…、まさか。まあ打診というか、懐柔はされてるかな。向こうも、いわゆる『新興』の成長には焦りを覚えているようだし、敵対するよりは子飼いにした方がいい、という判断はあるんだろう。かなりいい条件を出してもらってる。千束を切って沙倉之と手を組んだ方が利口だ、ってね。もっともお父上としては、そのうち千束も取り込む心積もりなんだろうが」

当然、そうなのだろう。子供たちが沙倉之の跡継ぎになれば、いずれ自動的に千束も手に入るのだ。

「うちとしては、沙倉之とのパイプがあれば商売上は有利だ。仲良くしておくのは悪いことじゃない」

「媚《こび》を売っておく、ということですか」

「キツいな……」

冷ややかに指摘した真頼に、帆高が肩をすくめた。そしておもむろに立ち上がる。

「とにかく、あなたは身体に気をつけてください。オメガは…、大きなストレスがかかるとホルモンバランスが崩れやすい。いろんなサイクルが狂う可能性もある。黎司もそれを一番、心配してたな。……今は、慰めてくれる相手もいないわけだから」

まっすぐに言われて、ビクッと身体が震えてしまう。

確かに、この間はヒートを抑えるのに苦労した。抑制器を使っているが、それだけでは収まらなくて、ひさしぶりに薬も飲んだ。おかげで倦怠感《けんたいかん》がひどい。

今はヒートの時期からは外れていたが、こうしてアルファを目の前にすると、身体の奥が波立ってくる感覚がある。

何だろう？　無理やり抑えこんでいるものがたまりにたまって、表面張力だけで保っているような感じだ。

「お気遣いをありがとうございます」

それでも固い口調で真頼は言った。

「俺はあなたの味方のつもりだけどね。あなたと黎司の」

帆高が苦笑し、そして思い出したように付け足した。

「子供たち、ママに会いたがっていましたよ」


『ママ――っ！』

『ママっ、元気？　大丈夫？』

リビングの大きなモニターの中から、子供たちが笑顔で手を振ってくる。我先に、前へ身を乗り出すようにして。

実際に真頼が沙倉之の家を訪ねても門前払いされるばかりだったが、まったく顔を見られないと子供たちもダダをこねるだろうし、さすがに福祉局もいい顔をしない。

そのため、オンラインでの面会ができるようになっていた。おそらく子供たちの顔を見せて、早く真頼を説得させよう、という父の意図も透けて見える。

母親に会えなくて淋しいようだが、それでも沙倉之での暮らしに不自由はしていないようだった。子供たちにしてみれば、めずらしいお泊まり体験のような感覚なのだろうか。広い家だし、よく探検してまわっているらしい。めずらしい本や古い本をあさって読んで、骨董品《こっとうひん》のような楽器に触れて、毎日のように買い与えられる新しいゲームに興じているのがわかる。

SP並のボディガードが張りつき、見張りはしっかりとしていたが、軟禁されているわけでもなく、遊園地に連れていってもらったり、スポーツ観戦も特別席を用意されてご満悦のようだ。

もちろん食事もきちんと与えられているし、元気そうなのはなによりなのだが、真頼としては直接会えないだけに、毎日、不安が募っていた。

『ねえ、ママ。パパは悪いことしたんでしょう？』

『ダメだよね。家でも、だいたいいつも偉そうだしねー』

子供たちの口からそんな言葉が出ると、心臓をえぐられるような痛みを覚える。

「あお！　そら！　パパはそんなことは絶対にしないよ」

思わず、真頼は叱りつけた。

目の前にいれば、きちんと事実を伝えることもできる。だが沙倉之の家では、相当に父親の悪口を吹きこまれているのだろう。

このままでは、子供たちが父の望むように洗脳されていくようで恐かった。

……あるいは、かつての自分みたいに。沙倉之のためだけに生きることがあたりまえになってしまう。他の、誰の犠牲もかまわずに。

『ねぇ、ママ。ママは僕たちよりパパの方が好きなの？』

『ママに会いたいよ。早くこっちのおうちに来て』

子供たちの声が刃物のように心を引き裂いていく。
「すぐに会えるよ。もうちょっとだけ…、我慢して」
泣きそうになりながら、そう口にするだけで精いっぱいだった。
『じゃあ、パパに会ったら伝えてね』
無邪気な顔が躊躇《ちゅうちょ》なく毒を吐き出す。
『パパ、最悪だね、って』
「——あお！」
自分でも顔色が変わったのがわかる。一瞬、息が止まりそうになる。
『ママはいつだって最高だけどね』
横でそらが声を弾ませた。
だが、その声も遠い。
……どうしよう。もうどうしたらいいのかわからなくなる。
『ママ…、ママ、平気？』
言葉に詰まった真頼に、子供たちが心配そうに画面をのぞきこんだ。
『大丈夫だよ、僕たちがママを守るから』
——泣いてはいけない。
真頼は必死に顔を上げ、そっと微笑んだ。

「おやすみ。あお、そら」

ようやくその言葉だけを絞り出した――。

❦❦❦

ようやく黎司との面会許可が下り、真頼はおよそ三週間ぶりくらいに黎司の顔を見た。

顔を見ただけで胸がいっぱいになったが、ふだんはほとんど見ない無精ヒゲに、ちょっと笑ってしまう。

「ずいぶん…、ワイルドになったな」

「好きか？　こういうの」

にやりと黎司が顎を撫でた。

少し痩せた気がするが、元気そうだ。よかった。

黎司の目が、アクリル板越しに包みこむように真頼を見つめた。

「少しやつれたな…。相変わらず、美人ではあるが」

いつもと同じような軽快な言葉で、勾留期間が長くなっているわりには精神的にそれほど落ちこんだ様子はなく、それがうれしい。

「すまない。会社はかなり大変なんだろう?」

「仕事の方は、まあ、なんとかね。社員たちはわかってくれているし…、それにおまえのせいじゃない」

むしろ、自分のせいなのだ。

「今…、子供たちは元気にしてるのか?」

「子供たちは沙倉之に引き取られているんだ」

当然の質問に、真頼は強いて淡々と答える。

「ああ、それは聞いた。俺のことを何か言っていたか?」

さすがに真頼はためらった。

「かまわないから。言ってくれ」

うながされ、真頼はようやく口を開く。

「最悪だね、って、あおが。でもそれは、今はあの子たち、誤解しているだけだから」

「なるほどな」

必死に弁解したが、黎司は苦笑した。そして優しい眼差しで真頼にうなずく。

「ママは最高だけどな」

真頼は思わず顔を伏せて、ただ首を振る。

何が正しいのか、子供たちにきちんと説明もできないのに。

「真頼。大丈夫だから」

静かな、力強い言葉にようやく顔を上げる。

「この先、どうなるんだ……？」

かすれた声で、真頼は尋ねた。

黎司の顔を見ると、張りつめていたものが崩れ、少し弱気になってしまう。

「そうだな…。俺に認める気がないから、否認のまま送検するつもりがあるかどうか、ってところだな。仮に有罪になったとしても、本来なら執行猶予がつくくらいの事件だ。ま、俺の暴行であの男がどれだけのケガを負ったのは知らないが」

もしかすると、偽造の診断書でも出されているのだろうか？

「だが、それをただ待っているだけというのも癪《しゃく》に障る。だから、こちらから裁判を起こそうと思う」

不敵な笑みで、きっぱりと黎司が言った。

「裁判？　何の？」

「子供たちの親権を争う」

あっ、と真頼は短く声を上げる。

「俺はまだ有罪が確定しているわけではないし、おまえに母親としての落ち度はない。沙倉之が子供たちを奪う理由はないはずだ」

　もちろんそうだ。だがわかっていて、父は子供たちを連れていった。当然、勝算があってのことだろう。

　それとも、もっと早い時点で真頼が観念するという計算だったのだろうか？

「でも……」

　今の子供たちが黎司のもとへ帰りたいと言うだろうか？

　真頼にはそんな不安も大きかった。父はかなり子供たちの懐柔に成功しているようだし、黎司についてもどんなことを吹きこんでいるのかもわからない。

　もちろん、まだ六歳の子供たちに証言させるわけではないだろうが。

「公開での裁判を要求する。沙倉之の言い分がどれだけ理不尽なものかを主張したい。うまくいけば、こちらの罪状についても沙倉之の謀略を立証できるかもしれないからな」

　実際に黎司の弁護士は、無実の証拠を必死に集めているところだ。多くの証言や、訴えた運転手の主張の矛盾点なども挙がっている。

　だが、そのあたりは沙倉之もきっちりと証人を準備しているだろう。

「公開……か。それで父が怖《お》じ気《け》づくとも思えないが」

　むしろ、黎司のダメージが大きいかもしれない。顔をさらすことになるとマスコミたちも騒ぐだろうし、子供たちに対しては「虐待」の疑いまでかけられているのだ。

もし万が一、虐待が認定されるようなことになれば、子供も、社会的な地位も、一瞬で失うことになる。

「真頼。戦うよ」

しかしきっぱりと黎司が言った。

「……わかった」

大きく息を吸いこんで、真頼はうなずいた。

黎司を信じるだけだ。

そろそろ時間です、と係りにうながされ、真頼は立ち上がった。

「真頼」

やはり立ち上がっていた黎司が間のアクリル板に身を寄せてくる。

板越しに指を重ね、耳元でささやいた。

「帰ったら…、いっぱい可愛《かわい》がらせてくれ」

ちょっと顔を赤くして、真頼は男をにらんだ。

そんなことを言われると、必死に我慢しているものが溢れ出しそうだった――。

親権を争う裁判は、異例の速さで開廷された。

そのあたりはやはり、沙倉之の力だろうか。一刻も早くケリをつけたいのだ。

堂々と権利を主張したい、という黎司の希望を受け、裁判にはテレビ中継が入っていた。

本来ならば、一家族のプライベートな内輪もめのはずだが、ずいぶんと大げさな話だ。

だが沙倉之にしても、むしろ望むところだったのかもしれない。こんなスキャンダルが表に出ることを嫌う旧家だったが、今回はすでに十分、世間の耳目を集めてしまっている。

この裁判で、決定的に黎司の暴力性を証明し、子供たちを引き取ることこそが正義だという印象を世間に与えたいのだろう。子供たちを守るために、徹底的に戦うつもりだ、と。

それと同時に、沙倉之の後継者候補として、双子を世に知らしめることもできる。次にトップに立つのは失敗した兄たちではなく真頼の息子だと、社員たちにも、取引相手にも、期待を持たせることができる、ということだ。

傍聴席は当然ながら満席で、カメラも三台ほどが設置されている。

芸能人やスポーツ選手、政治家が関わる裁判などもショー的な中継は行われていて、お茶の間に下世話な余興を提供しているのだが、今回は沙倉之という財閥のセレブが主役で、やはり異例ではある。その分、盛り上がりも大きい。

この日は黎司も勾留が解かれ、出廷が許されていた。

先に法廷に入って待っていた真頼は、ひさしぶりに直《じか》に黎司に触れ、しっかりと抱き合った。

その様子を、傍聴席とカメラの向こうからの何万という視線が好奇心いっぱいに見つめているのだろうが、かまわなかった。そのまま、何度もキスを交わす。

ほとんどひと月ぶりの黎司の感触に、匂いに、くらくらする。発情期には入っていないはずだが、身体の奥にたまった熱がジリジリと湧き上がってくるようだ。

「ヤバいな……」

唇の端で小さく笑って、黎司が低くつぶやいた。

「止まらなくなる」

そしてもう一度、キスをした時だった。

「――ママ！」

覚えのある高い声が法廷に響き、ハッと真頼は振り返る。

いつの間にか、執事の男に付き添われて子供たちが姿を現していた。

抱き合う両親の姿に唇を突き出し、ベーッ、と舌を出す。

「パパ、最悪！」

「あお……」

叫んだ声に真頼はうろたえたが、黎司はかまわず真頼の肩を抱き寄せた。

「おまえのママは最高だからな」

にやりと笑い、挑発するように言い返す。

「黎司」

思わず腕をつかんだが、黎司は肩をすくめただけだった。

「いつものことだろ」

あっさりと言ったが、……ここではまずい。

確かに家の中ではいつもの、ありふれたやりとりだった。だが、裁判官の前、多くの視聴者の前なのだ。子供との間に確執があるととられると心証が悪くなる。

うながされ、真頼たちは自分たちの弁護士の横に腰を下ろした。

そして子供たちは、傍聴席の一番前に席が準備されているようだった。帆高の姿があり、その横だ。気安い様子で何か話しているところを見ると、沙倉之の家でも交流はあったのだろうか。少し、心配になる。

これから何が始まるのか、子供たちが理解しているのかどうかはわからない。ただ初めての状況にわくわくしているのは表情でわかる。真頼と目が合うと、楽しそうに手を振ってきた。

そして向かいの席には、相手側の弁護士と——父が病を押して、車いすで出廷したようだ。

沙倉之の当主が人前に顔を出すのは、何年ぶりだろうか。弱々しい自分の姿を見せることで、命がけで孫を守ろうとしている、という印象も与えられるわけだ。

さらに父に付き従って、政興と哲生の二人の兄の姿もある。

父が積極的に発言するとは思えないので、指示された兄たちが代弁するのだろうか。

完全な使い走りでしかない。

沙倉之のアルファがこれとは……。

すでに縁を切った家とはいえ、さすがにため息をつきたくなる。

そういえば沙倉之に限らず、財閥の跡取りはこのところどこも不作のようにも思う。精彩を欠いている、というのだろうか。社会を引っ張っていくようなカリスマ性も、瞠目《どうもく》するようなアイディアもほとんど記憶にない。

歴史を振り返れば、かつては伝説的な偉業がたくさん並べられていたはずなのに。

だからその分、「新興」と呼ばれる新しい勢力が力を伸ばしているとも言える。

「それでは開廷いたします」

判事が入廷し、審理が始まった。

まずはそれぞれの主張を弁護士が代弁する。

本来ならば両親に親権があるのは当然のことだが、それを沙倉之が力業《ちからわざ》で奪おうというわけで、攻撃は黎司の犯した犯罪、さらに虐待疑惑に集中した。さらにオメガである真頼は黎司の言いなりであり、子供を守れる状態にない、という主張だ。さらには発情期に入れば子供は放置され、ネグレクトの状態に置かれることもしばしばだ、と。

そのため沙倉之の祖父が子供たちを引き取り、教育することが子供たちの幸せにつながるのだ、という、一見正しくも聞こえる話だ。

世間から見ても、沙倉之の跡取りになれるのならその方が幸せなのでは、とも思えるのだろう。ドラマのように中継を眺めていれば、俺が代わるのに、と笑っている人々も多いはずだ。あの場所が、どれだけ寒々しい世界かも知らずに。

黎司としてはただ、暴行についても無実だし、虐待の事実もない、と主張するだけだった。そして双方があらゆる証拠を提出し、かき集めた証人に証言をさせる。

結局のところ、どちらの話に信憑性《しんぴょうせい》があるのか、に尽きるのかもしれない。

真頼は祈るような思いで見守っていたが、風向きがいいとは言えないようだった。

沙倉之が金にあかせてかき集めた証人は、心理学者から近所の住人、学校の先生まで多岐にわたる。真頼たちも証人を集めてはいたが、「やってない」という証明は「やった」という証明に比べて、遥かに難しい。

「本気で勝てると思ったのか?」

いったん挟まれた休廷時間に、父がせせら笑うように言った。

「今ならまだ、調停にもどすこともできるぞ? 黎司にとっても、その方が身のためだと思うがな」

「子供たちは渡しません」

きっぱりと返した真頼は、兄たちを振り返った。

「兄さんたちは納得しているんですか? 私の子供たちが沙倉之の当主になれば、子供に顎で使われることになるんですよ？」

冷笑するように突きつけてやる。

「賢い子供たちですから、きっとあと十年もしないうちに事業に関わっていくでしょう。……そう、私も十四、五の頃から沙倉之の仕事をしていましたからね。お父さんが兄さんたちに求めるのは、あの子たちの使い走りくらいでしょうし」

「なっ…、だっ、誰があんなガキどもに……」

あせったように哲生が口ごもる。

「まだあいつらがアルファだと決まったわけじゃない！　おまえがオメガだったみたいになっ」

政興が忌々《いまいま》しげに吐き出す。

「兄さんたちからしてみれば、あの子たちは邪魔でしょう。私に返していただければ、すべては丸く収まると思いますよ。お父さんにしても、あとどのくらい生きているのかもわかりませんから…、遺言を書かれる前にね」

ことさら意味ありげに言うと、あっ、と政興があせったように視線を漂わせる。

「――バカがッ。つまらない挑発に乗るんじゃない」

それを父が一喝した。そして真頼に向き直ると、低く笑った。

「子供たちはすでに沙倉之の後継者としての自覚がある。わしのあとを継いで、沙倉之を守りたいとな。父親のところには帰りたくないそうだ。おまえには……、もどってほしいと言っているが。おまえより、あの子たちの方が賢いよ」

その言葉に、真頼は大きく目を見開いた。

——そんなことは信じない。信じるつもりはない。

そっと息をつくと、失礼します、とだけ短く言って、真頼は黎司のところにもどった。

「仲間割れを狙ったのか？　それも一つの手だな」

やりとりを見ていたらしい黎司がクスクスと笑う。

「実際、兄たちにとっては、あの子たちはいない方がいいんですよ。父が亡くなったあと、兄たちが家を相続したら、子供たちがどんなふうに扱われるのか……」

真頼は唇を噛んだ。想像しただけで恐くなる。

「おまえの兄たちが…、お父さんを殺すことを懸念してる？」

ちらっと笑うように聞かれ、真頼は小さなため息をついた。

「まさか、そこまでは。けれど、この裁判に負けるようなことになれば、本気でそれを画策するかもしれませんね」

悪魔に魂を売ったとしても、子供たちは守る。そのくらいの覚悟はある。

「ただ本当は、兄たちが父を田舎の病院にでも軟禁しないかな、と。頭はしっかりしてますけど、父の身体はやはり無理ができる状態ではありませんし」

「なるほどな…」

感心したように、黎司が顎を撫でた。

「でもやはり、兄たちの命令ではまわりが動いてくれそうにないですね。ベッドから動けなかったとしても、父の方が支配力がある」

だから、やっかいなのだ。

まだ何もわからない子供たちを、父は洗脳したのだろうか？　あるいはただ、何かで釣って言わせているだけなのか。

判事が着席し、審理が再開した。

別室に移されていた子供たちももどってくる。

——正念場だった。

「大丈夫だから。俺を信じろ」

横で黎司がしっかりと真頼の肩を抱く。口元の小さな笑み。これからの展開に、わくわくと期待しているような。

この余裕は、いったい何だろう……？

不思議な思いでぼんやりと横顔を見つめていた真頼に、黎司がふっと向き直った。

「真頼」

伸びてきた指が、そっと頬を撫でる。

「さあ、歴史を変えるよ」

「え…？」

さすがに意味がわからず、とまどってしまう。

と、判事が木槌《ガベル》を鳴らし、口を開いた。

「休廷中に相談した結果、やはり子供たち本人の話を聞いた方がいいだろう、ということになりました。証言は可能ですか？」

まず沙倉之の父に視線を向けると、結構です、と父が車いすから大きくうなずく。

やはり自信があるのだろう。

ついで判事の視線がこちらに向けられ、ちらっと真頼の顔を見てから黎司がうなずいて返した。

では、と判事が子供たちを呼ぶ。

「少し聞きたいことがあるのだが、いいかな？」

優しく声をかけると、はーい、と子供たちが一緒に立ち上がって、法廷の中央へと進んだ。

状況を何も知らないようなあどけない返事に、傍聴席が和む。そうでなくともそっくりな双子にざわめきが広がった。「わ、可愛い」とささやく声があちこちから聞こえてくる。

状況を考えれば、可愛いどころか、過酷なのだが。

「二人は今は沙倉之のおうちにいるんだよね？　どうかな、生活は？　楽しい？」

「楽しいよ！　いっぱい探検するところがあって」

「本がいっぱいあって、すごく勉強できるの」

二人が口々に声を上げる。

真頼は無意識に、胸に押し当てた手をギュッと握りしめた。

「ほう、すごいね」

判事が微笑んでうなずく。

「じゃあ、お父さんとお母さんのおうちにいた時はどうだったかな？　楽しかった？」

その問いに、子供たちが二人で顔を見合わせた。

「どうしたの？」

判事が怪訝《けげん》そうに首をかしげる。

「えーとね、動画があるの。それを再生していいですか？」

青李が判事を見上げて尋ねた。

「お父さんと一緒にいる時の動画かな？　そうだね、ぜひ見たいな」

うながされると、二人はいったん傍聴席にもどって、帆高に預けてあったらしい小さなリュックサックをそれぞれ持って中央にもどる。

係員が動画を再生する用意をしようとしたが、「大丈夫です」とにっこり断り、リュックを開けるとラップトップのパソコンを引っ張り出し、テキパキと自分たちで準備をした。

法廷内にわずかにとまどったような空気が流れる。

真頼もあっけにとられたし、向かいの父も少し不思議そうな顔ではあったが、不安な様子はない。ちらっと横の黎司を見上げると、一人楽しげに微笑んで息子たちを眺めていた。

「いいですかー?」

と可愛らしい声で聞き、法廷内に設置されていたいくつかのモニターに、いっせいに同じ動画が流れ始めた。

ドキドキしながら、真頼はそれを見上げた。

家で撮った黎司との動画であれば、何も問題はない。大丈夫だ。本当の姿が映っている……。

しかしその映像はかなり薄暗く、少し古いもののようだった。少しばかり粗い。

か細い悲鳴のような声が途切れ途切れに聞こえてくる。畳が敷かれた部屋。その部屋を取り囲むように格子《こうし》がはまっているのがわかる。

何かが記憶を刺激し、真頼はドキッとした。心臓が痛い。

部屋の中で布団の上に一人の人間が横たわっている。さらにそれを、数人が取り囲んでいるのがわかる。

と、いきなり、ギャーッ!　とすさまじい悲鳴が割れるようにスピーカーからほとばしる。

小さな悲鳴とともに、ざわっと傍聴席が揺れる。

——なに……?

と、誰もが疑問に思っただろう。

これこそ、虐待の映像なのか、と。

……そう。それは正しいのかもしれない。

だが、子供たちではなかった。もっと大人で……、これは出産の状況だった。

『よし、生まれたぞ。三人目だ』

『しっかり記録をつけておけ』

まわりの男たちの声。

『今度こそ、実験を成功させるんだ』

『ああ…、アルファを産み分けることができれば沙倉之も安泰だからな』

『だがやはり、オメガの母体の方が成功率は高いんじゃないのか？』

そんな言葉がはっきりと耳に届いた瞬間、法廷が凍りついた。

言葉はわかっても、理解できない。そんな感覚だ。

だが、あっ、と真頼は思い出した。

あの座敷牢だ。見覚えがある。

あの場所にとらわれていたオメガ――。

「真頼…！」

ふっ、と倒れそうになり、危うく黎司に支えられた。

――何だ、これは？

そんな疑問が頭の中いっぱいに埋め尽くす。だが言葉にならなかった。

「あれ、間違えたみたい？」

無邪気に子供たちは顔を見合わせた。

しかしその無邪気さがどこか空恐ろしい。

「……な、なんだね？　これは」

ようやく我に返ったように、判事が震える声で尋ねた。

青李がゆっくりと判事を振り返る。

「このひと月、沙倉之の家にいた間、僕たちは屋敷の中を探検してまわったんだ。いろんなものを見つけたんですよ」

真頼が聞いたこともないくらい、しっかりとした、大人っぽい口調だった。六歳とは思えないほどに。

「こんな動画がいくつか。あとは…、これ、研究ノート」

御空がリュックから装丁された本のようなものを引っ張り出す。

「あと、実験データとかも」

「実験……!?」

言葉の不気味さに、判事が顔を引きつらせた。

「いったいそれは……？」

「ま…待て！　おまえたち、いったい何を……、何をしている！」

ようやく事態を認識したのか、父が車いすの上でもがくようにして叫んだ。恐ろしいほどに顔をゆがめ、皺だらけの手をいっぱいに伸ばしている。

「青李、見せてごらん」

黎司が声をかけると、素直に青李がノートを持ってきた。

注目がいっせいにページをめくる黎司に集まる。

「沙倉之は極秘に子供の産み分けの研究をしていたようですね。アルファの子をオメガの母体で生ませるように」

傍聴席でどよめきと悲鳴が混じり合い、それは徐々に大きくなる。メディア関係の人間だろう、携帯を取り出し、バタバタとすごい勢いで走って法廷の外へ飛び出す。

「兄さんたちも…、知っていたんですか⁉」

真頼は鋭い問いを兄たちに突きつけた。

父が関わっていたのは間違いないにしても、沙倉之の一族での犯罪なのか。

「バカな……、こんなこと……」

「し、知らないっ！　何も知らない！　聞いたこともないっ！　そんな恐ろしいことっ」

うろたえたように兄たちが叫び出す。その横で父は愕然と、魂が抜けたような顔で背中を丸めていた。

「明日の新聞の見出しが楽しみですね」

淡々と黎司が言った。

「沙倉之は終わりだ。もしこれに他の財閥が関わっていたのなら、それこそ国がひっくり返るだろうな。そのあたりは、資料を精査する必要があるだろうが」

「閉廷です！　審理は中止に！」

判事が声を上げる。

法廷はさらに混乱し、人々が入り乱れた。隅の方へ退いた真頼たちのところへ、子供たちがリュックを担いで近づいてくる。

「ママッ！」

「ママ、おうちに帰れるっ？」

いつもの子供たちがいっせいに真頼に抱きついてくる。

「そうだね。大丈夫」

ちらっと顔を上げて確認すると、父はどうやら執事が車いすを押して早々に退出するところだった。

いずれ、この犯罪が正式に暴かれた時の対処に頭がいっぱいで、すでに子供のことは意識にないのだろう。そもそも沙倉之が存続できるかどうかも危うい。全国にリアルな情報として流れた以上、さすがにもみ消すことは不可能だ。

「おまえ…、初めから知っていたのか？　こんなことを……」

思わず黎司の腕をつかみ、呆然と真頼は尋ねた。

沙倉之に生まれた真頼自身、何も知らなかったのに。

「そうだな。何かあると最初に聞いたのは…、一年くらい前かな。帆高からの情報だった。……いや、帆高から何か知らないか、と聞かれたんだ」

「帆高さん？」

思わず振り返った真頼のところに、帆高がゆっくりと近づいてきた。

そしてポケットから取り出した小さな銀色のものを、真頼の目の前にかざしてみせる。

「これ、覚えてるかな？　真頼さん」

反射的に差し出した手のひらにのせられ、じっくりと眺める。

「知恵の輪……？　あっ」

思い出した。そうだ。学校で真頼が作って、そして——あげたのだ。

座敷牢にとらわれていた、あの人に。

「俺ね、本当はこれを取りに行くために、沙倉之に入りこんだんですよ。真路さんに頼まれてて」

「真路、さん……」

やはりあの人だ。真頼の大叔父。

ハッとした。

「まさか、あの人も……実験に……？」

「ああ、大丈夫。真路さんは本格的に実験体になる前に、俺の兄さんが連れ出して逃げられたんだよね。今は田舎で静かに暮らしてる。ただ取るものも取りあえず逃げたから、真頼さんにもらったこれだけ、できれば取りもどしたいってずっと言ってたから」

「そう…、無事で……」

真頼は思わず目を閉じた。よかった。逃げていたのだ……。

「俺は、その実験の話を真路さんから聞いてたんだ。まあ、真路さんもそれほどはっきりした内容を知っていたわけじゃないみたいだけど」

「このところ、沙倉之だけじゃないが、財閥に優秀なアルファが生まれなくなってきていたようだな。財閥の中での近親婚が多くなっていたから、そのせいじゃないかとも言われてるが。それで、効率的にアルファの産み分けができないかと考えた。噛んでたのは沙倉之だけじゃないだろうな。おそらく籐院もだ」

黎司がため息をつく。

「それで…、おまえ、子供たちを利用したのか？」

さすがに少し腹が立った。

「言っただろ？　命がけで戦うって。子供たちが連れていかれたと聞いた時、この秘密を暴くことしか取りもどす方法はないと思った。帆高に間に立ってもらって、子供たちに証拠を探してもらった」

「そんな危険な……！」

思わず顔色を変えた真頼に、「大丈夫っ」と二人がにこにこ笑う。

「僕たち、一人二役しながら、こっそり探しまわる時間を作ったんだよね」

「簡単だった！　あの家で、僕たちのこと見分けられる人は誰もいなかったし」

「じゃあ、パパとは、本当はずっと仲良しだったの？」

仲が悪いようなふりをしていただけで。つまり子供たちはずっと、沙倉之の家で父を油断させるために演技をしていたということだろうか。

「仲良しぃ？」

「仲良しだっけ…？」

二人がうかがうように黎司を見上げる。

「パパは最悪じゃない？」

「ママは最高だけどね」

「もちろん、ママは一番だね」

三人がそれぞれ、おもしろそうに言い合う。そういえば、よく聞くような流れだ。

そろって男たちが真頼を眺めた。黎司が苦笑する。

「気がつかなかった？　これ、俺たちの合い言葉みたいなヤツだよ。『パパ、最悪』っていうのが、準備はできたよ、っていう意味。『ママは最高』っていうのがＯＫ、って返事」

ああ…、とようやくいろんなことが理解できた気がした。オンラインの面会で、子供たちが言ったことも、さっきの法廷で最初に顔を合わせた時に言ったことも。

「どうして初めから教えてくれないんだ…」

本当に心配したのに。

ごめんね、と子供たちが殊勝な顔であやまり、黎司が肩をすくめた。

「おまえにバレたら意味ないからな。おまえを楽しませるために、いろいろサプライズとか考えてるんだし」

「サプライズね…」

そういえば、誕生日の時もそうだっただろうか。どうやら青李と御空は、黎司と三人の時には、真頼には見せない顔があるようだ。

真頼の前ではいつも甘えてばかりの子供たちなのに、こうしてみるとずいぶんとしっかり計算して動いているようにも見える。沙倉之の父も欺《あざむ》いていた、ということなのだ。……それでも真頼にとっては、大事な可愛い子供でしかなかったけれど。

「ところで、もうこのまま帰っていいのか?」

あたりを見まわして、誰にともなく黎司が尋ねた。

法廷内はまだ混乱していて、人がバタバタしている。

「いや、おまえは勝手に動いたらダメだろうが。まだ一応、勾留中なんだろう?」

真頼の指摘に、あー…、とようやく思い出したように黎司がうなった。

「あれ、チャラにならないのか？　もう訴える気もないと思うが」

「不起訴になるだろうな。俺としては、真頼さんをかっさらう絶好の機会が遠のきそうだけど」

帆高の意味ありげな視線に真頼はとまどったが、「あきらめろ」と横から黎司がバッサリ言う。

いずれにしても、手続き上、黎司はまた被疑者だ。

「それより、あんまり長居をしてるとマスコミに捕まるよ」

ちょっとおもしろそうに、帆高がにやにやした。

まったくその通りだった。彼らももっとくわしい話を聞きたがるだろう。

「部屋を移るか。係官がいねぇかな…。とりあえず、控え室でいいか」

「先に行っててくれ。洗面所に寄ってから行く」

きょろきょろとあたりを見まわしていた黎司に告げると、真頼はいったん法廷を出て、廊下の端にあった洗面所へ入った。

廊下から一枚扉を挟んだだけなのに一気に人気が消え、ホッと息をつく。

妙に身体が熱く、真頼は鏡の前で手を洗い、顔を洗った。

朝からずっと緊張はマックスだったが、ようやく気持ちも落ち着いてくる。

早く帰ろう。……帰りたい。

そんな気持ちでいっぱいになる。だが身体は少し気怠《けだる》く、奥の方からジリジリとした熱がこみ上げてくるのがわかった。

――これは……。

ゾクッと身体が震える。

――ヒート……？

まだそんな時期じゃない。だが、急に来た感じだった。

ずっと、ひと月も黎司に会えず、抑制器と薬で熱を抑えこんでいた。今日、ひさしぶりに会って、触れて、匂いを感じて……でも今までは、他のことで頭がいっぱいだったのだ。

不安が解消されて、何かが一気に溢れ出したのか。

……まずい。早くもどらないと。

急いで出ようとした時だった。

バン！　と乱暴にドアが開いたかと思うと、ゆらり、と男が一人、中へ入ってくる。

「政興兄さん……？」

その顔に、真頼は思わず目を見張った。

まるで人が変わっていた。あの映像がそれほど衝撃だったのだろうか。もしかすると自分も、ああして生み出されたのかもしれない、という不安があるのかもしれない。

あるいは、沙倉之という誇りでも、自分の存在意義でもあった家名が地に落ちたことへの衝撃なのか。

「真頼か……」

うつろな目で、それでも真頼を認め、ふいにカッ、と大きく見開いた。

「――クソッ！　結局、何もかもおまえのせいなんだよ！」

吠《ほ》えるように政興が叫んだ。

そのどこか狂気を孕《はら》んだ表情に、真頼は言葉を失った。

「ハッ！　なんだよ…、オメガの匂いをぷんぷんさせやがって！　オメガのくせに、いっつも俺をバカにしてたよな！」

わめきながら、憑《つ》かれたような目で真頼に近づいてくる。

反射的にジリジリと後ずさったが、すぐにあとがなくなっていた。

ちらっと後ろを確認し、手洗い場から奥の個室へとなんとか逃れるしかない。

勢いをつけて走り抜けようとしたが、獣じみた力で真頼の身体が引っ張られ、横の壁にたたきつけられた。

「あぅ……っ」

肩をひどくぶつけ、一瞬、意識が遠のく。

その間に政興が真頼の身体を引っ張り上げ、強引にスーツを引き剝《は》がそうとした。中途半端に脱がされたことで腕が絡まり、抵抗を封じられてしまう。

そのまま男の手が真頼のシャツを引き裂き、手荒にベルトを外すと、ファスナーを引き下ろす。

「兄さん、やめてください……っ、実の弟ですよっ！」

「知るか！」

必死に叫んだが、政興は短く言い放ち、あらわになった胸に手を這わせてきた。

「や……、いやぁっ！」

手荒く乳首がもてあそばれ、舌なめずりするような吐息が肌に触れて、喉からほとばしるような声が上がる。全身に鳥肌が立ち、吐き気で胸が気持ち悪くなる。

「可愛がってやるよ…。泣きわめいて許しを請うまで犯してやる…！」

どす黒い悪意が吐き出される。

とっさに顔を背けた真頼の髪が引きつかまれ、ふいに強い力で首がねじ曲げられた。

「……あぁ？　なんだ、おまえ、あいつとまだ番になってないのか……」

気がついたように、政興がうなじのあたりに触れてきた。

ハッと、真頼は息を呑む。まさか、と思う。

恐怖に全身がすくんだ。

「やめろ……！」

かすれた声を必死に押し出す。知らず、涙が溢れた。

しかし目の前で、男が哄笑《こうしょう》する。

「ハハハハハ…、いいな！　だったら、俺の番にしてやるよ！　この先、一生、俺のモノしかくわえられない身体にしてやるっ」

　そう言うと、真頼の肩をつかんで、一気にひっくり返した。

「あぁぁ……っ」

　背中から力ずくで真頼の身体を押さえこみ、身動きできないほどに体重をかけられて、真頼は両手を壁につく。

「初めからこうしてりゃよかった。これからおまえは、一生俺の奴隷になるんだよっ」

　勝ち誇ったように叫ぶと、政興が真頼のうなじの髪を掻き上げ、顔を近づけた。

　生温かい吐息が触れる。

「いや…っ…、いやぁぁぁぁ……っ！」

　声を限りに真頼は叫んだ。

「黎司…、黎司……っ、黎司……っ！」

　どうしようもなく叫び続ける。

　――次の瞬間。

「つっ…、く……、――うぁぁぁぁぁ……っ！」

　すさまじいうなり声とともに、ふっ、と背中が軽くなった。

　同時に、ぐぁっ、といううめき声と、鈍い音が響き渡る。

　政興が頭を手洗い場の角にぶつけ、そのまま床へ倒れこんだ。

ハァ、ハァ…、という荒い息づかい。

ようやく振り返ると、引きつった顔で黎司が気を失った政興をにらんでいた。

その腕からは血が流れ落ちている。そして大きな歯形も。

とっさに腕をねじこんだのだろうか。それだけ強く噛まれたのだ。肉が浮き上がり、噛みちぎられるくらいに。

「黎司……、黎司っ！　血が！」

あせって声を上げた真頼をようやく振り返り、黎司が肩で息を整えた。

「大したことはない。それより……、おまえ……」

無事な方の手でそっと頬に、そしてうなじに触れる。

「大、丈夫……。噛まれてないから」

真頼はようやく強ばった笑みを浮かべてみせる。

「まよ…り……」

震える声で、荒い息で、黎司が真頼の肩に顔を埋《うず》めてきた。

「許してくれ……。もう無理だ。こんな…、思いは……もう」

絞り出すような声。

「黎司……？」

真頼はそっと、その男の肩を抱きしめる。肌に沁《し》みこんでくる温もりに、身体が震える。

男の匂いに全身が溶けていく。

「おまえを俺だけのものにしたい。おまえを、失いたくない」

その恐怖を、すぐ間近に感じたのだ。真頼も同じだった。

「噛んでくれ」

そっと、真頼は言った。

「おまえだけのものにして」

他の男に触れられる恐さ。それを知ったら、真頼ももう無理だった。

ハッと黎司が顔を上げる。

「真頼……」

「いつ、言ってくれるのかと思った」

泣き笑いのような顔で、真頼は言った。

おたがいに吐息で笑い、額同士を軽く押し当てる。

「ここで…、裁判所のトイレで、いいのか……? 情緒、なさ過ぎだろ……」

かすれた声で言って、黎司が苦笑いする。

「いい思い出だよ。たぶん」

真頼は目を閉じて、男に背中を向けた。自分でそっと、うなじの髪を持ち上げる。

「真頼…、愛してる。おまえだけだ。……ママが最高だよ」

そんな言葉にちょっと笑ってしまう。

濡れた唇がうなじに押し当てられ、ジン…、と麻酔にかかったような陶酔が広がっていく。

そして、次の瞬間――。

「あっ…」

鋭い痛みとともに、かすかな声がこぼれた。

深く、男の牙が肌に食いこんでくるのがわかる。甘い、甘い、熱と痛みが、麻酔のように全身に広がっていく。

「れ…い……」

「俺のモノだ」

丸い歯形のあとをなぞるように舌でなめ上げられ、ゾクッ…と痺《しび》れが走る。

「真頼」

背中から強く、全身が抱きすくめられた。

「抱きたい。早く……、全部、俺のものになったおまえが見たい」

「ああ…、私も……早く」

もうひと月も抱かれていないのだ。

熱に浮かされるように口にしてから、あっと思い出した。

「いや、ダメだ。おまえ、一度留置場に帰らないと……」

このまま逃げれば、それこそ脱走犯になってしまうのではないのだろうか。うっかりすると指名手配され、さらに罪が加算されてしまう。

「知るか！」

しかし黎司は一言で切り捨てた。

「命に関わる生理現象だ」

黎司は真頼の手を引いたまま、裁判所の裏口から抜け出すと、すぐにタクシーを拾う。

車内で思い出して、真頼はハンカチで黎司の腕のキズをしっかりと縛った。

なんとか血は止まっていたが、皮膚が薄くはげ落ちており、ひどく痛々しい。

「あ、子供たちは？」

思い出して、真頼はあせった。

「帆高に任せた。連れて帰ってくれるさ。……できるだけ、遅いといいがな」

あっさりと言って、家に帰り着くと、そのままベッドへなだれこむ。

「クソ…っ、あのやろう……。もう一発、殴ってやればよかった」

真頼のぼろぼろになったシャツを見て、黎司がうなる。

そして丁寧に脱がせると、優しくベッドに横たえた。

うつぶせでドキドキしながら待っていると、黎司が自分の服を脱ぎ捨て、ベッドへ上がってくるのがわかる。

「腕…、大丈夫か？　無理をするな」

思い出して言った真頼に、あっさりと黎司が笑い飛ばす。

「おまえが欲しくてアドレナリンが出まくってるからな」

手のひらが真頼の腕から肩を撫で上げ、肩甲骨のあたりから、背中へすべり落ちる。背筋を下から唇でたどる優しい感触を覚え、指先でうなじの髪が掻き上げられた。

真頼には見えないけれど、まだ新しい噛み痕が首筋に刻まれている。ジンジンと疼くような痛みが残っていた。

そこを何度も舌先でなぞり、キスを落とす。

「あっ…、ん……」

指先で撫でられただけで、ゾクッと全身に甘い痺れが走る。

「こんなにうれしいもんなんだな……」

つぶやくように黎司が言った。

「今まで、やせ我慢してたのか？」

ちょっと首を曲げて尋ねた真頼に、黎司が肩をすくめる。

「んー、おまえが嫌なのかと思ってな」

「嫌じゃなかったよ。おまえだったらな」

微笑んで言うと、黎司が頬にキスを落とす。

「ホントにうれしい」

耳元でしみじみと言った。

「幸せにするよ。一生、我が儘《わまま》もきく。満足するまで、たっぷりと可愛がる」

「最後のは、単におまえの欲望じゃないのか？」

「そうとも言うな」

くすくすと笑って真頼が指摘すると、澄ました顔で黎司が認めた。

そして熱っぽい眼差しが真頼を絡めとる。

「今日は…、ホントに歯止めがきかないから」

わずかにかすれた声で宣言されて、それだけで身体の奥がとろり、と溶け始める。

「……あっ…、ん、んっ…、あぁ…っ」

背中から前にまわってきた手が真頼の胸を撫で上げ、小さな乳首を摘み上げる。指で丹念にいじられ、転がされて、真頼は上体をくねらせた。

「顔…、見せてくれ」

すくい上げられた身体が軽くひっくり返され、両手がシーツに縫い止められたまま、今度は乳首がなめ上げられた。たっぷりと唾液がこすりつけられ、舌先で押し潰すようにいじられる。

「あぁ…っ」

軽く甘嚙みされ、ビクン、と胸を反らせてしまう。まるで、もっと、とねだっているみたいでぼれ落ちる。

「あっ…、やぁっ、あぁ…っ」

唾液に濡れてさらに敏感になった乳首が、今度は指できつくこすられ、たまらずあえぎ声がこぼれ落ちる。

真頼の上からいったん身体を起こした黎司が、手のひらで包みこむように頬を撫で、濃厚なキスを落とした。たっぷりと舌が味わわれる。何度も逃げては絡めとられ、吸い上げられて。

唇の端からこぼれた唾液を追いかけるように男の唇がたどり、喉元へすべり落ちる。

濡れた乳首が指でいじられながら、もう片方が唇で愛撫され、焦れるような快感に真頼はどうしようもなく身をよじった。そのままヘソのあたりまで唇がすべり落ち、脇腹を撫で上げた手が、真頼の片方の足を大きく抱え上げる。

「あぁ…っ、そんな……」

男の目の前に中心を大きくさらけ出す体勢に、真頼はたまらず顔を背けた。

すでに真頼のモノは形を変え、男を誘うように先端が揺れている。反射的に、その恥ずかしい中心を隠すように片手が動いてしまう。

喉で笑った男が足の付け根から内腿へと唇を這わせ、ギリギリのあたりまで舌でなぞった。

「あっんっ…、あ……ぁ……」

ぴちゃぴちゃといやらしい音をわざと立てて、根元のあたりをなめ上げる。そのまま隠している手が舌でたどられ、真頼はさらに頑《かたく》なに中心を隠してしまう。

「真頼。ほら、手を離してくれたら、くわえてあげるから。気持ちいいの、知ってるだろう？」

クスクスと笑いながらあからさまに言われ、さらに手が離せなくなる。

「真頼…、いらないのか？　ん？」

しかし意地悪くうながされて、顔を赤くしながら、ようやくそろそろと手を離した。

「あぁっ、あぁっ、あぁぁ……っ」

口の中いっぱいにしゃぶり上げられ、くびれの部分が舌先でなぞられて、あまりの快感に先端からじゅわりと蜜が溢れ出す。

「ああ…、甘そうだな」

低く笑い、黎司が指先でその小さな穴をこすり上げた。

「ひぁ…っ！　あぁぁぁぁ……っ！」

大きな刺激に、たまらず腰が跳ね上がる。

そのタイミングを逃さず、黎司が浮いた真頼の腰を抱え上げた。

「やっ…、あ……」

膝に乗せるようにして、頑なに隠された奥を容赦なく指で押し開く。

まだ硬く窄《すぼ》まった襞に唾液がこすりつけられ、くすぐるように舌先で愛撫されて、あっという間に真頼の腰は男の愛戯に陥落した。

舌でくすぐられるたび、淫らに濡れた襞がヒクヒクとうごめき、指先でいじられると、いっせいに絡みついて中へくわえこもうとする。

じらすようになかなか奥深くまでは来てくれず、代わりに細い溝が指先でこすり上げられて、真頼はシーツを引きつかんだまま身悶《みもだ》えた。

「……あ……ん…っ、中……、なか……して……」

たまらず、ねだる声がこぼれ落ちる。

「いい匂いだな…。おまえが感じるだけ、強くなってくる」

つぶやくように言われ、でも自分ではわからないだけに恥ずかしい。

膝がさらに深く折り曲げられ、とろとろになった襞が二本の指で掻きまわされて、ようやく中へ与えられた。

「あぁぁっ、いい……っ、いぃ…っ」

夢中でそれを締めつける。と、それぞれの指が中の壁をこすり上げ、一番感じる場所が立て続けに突き上げられて、どうしようもなく真頼は腰を振りたくった。

さらになだめるように何度も抜き差しが繰り返され、それに合わせて真頼の前が淫らに跳ねる。無意識のまま、真頼は自分の手で前を慰めていた。そんな真頼を、黎司がじっと見つめているのがわかり、カッ…と頬が熱くなる。

「見……る…な…っ」

思わず涙目でうめいた真頼に、黎司が低く笑った。

「そりゃ、見るだろう。こんな可愛いもの」

そしていったん指を引き抜くと、今度は黎司の男をとろけた襞にあてがった。

「あ……」

待ちわびた感触に、ドクッ、と心臓が音を立てる。指よりもずっと熱い塊が自分の中を貫いていくイメージだけで、早くも達しそうになる。

黎司は濡れた先端を押し当て、じらすみたいにしばらく掻きまわすと、グッと力をこめてようやく中へ押し入れた。

「――んっ、ふ…、あぁぁぁぁ……っ！」

中が一気にこすり上げられ、脳が痺れるような快感が走り抜ける。

そのまま根元まで埋めると、途中まで何度か引き抜いては突き入れる。その動きに合わせて真頼の手は激しく動き、中心は硬く張りつめて、今にも弾けそうだ。

しばらく楽しげにそれを眺めていた黎司が、中途半端なところで邪険に引き剝がした。

「いや…、あ……」

真頼は泣きそうになったが、払われた手がそれぞれ指を絡めて重ねられる。

「れい…じ……？」

そのままの体勢で、黎司は何度も真頼の中に自身を突き立てた。激しく揺すってえぐるように動かすと、真頼は嬌声《きょうせい》を上げて達してしまう。

「まだだ」

しかし休むことは許されず、そのままさらに男のモノを根元までくわえこみ、締めつける。

二度目は黎司も一緒だった。たっぷりと中へ熱いものが出されたのがわかる。

「あ……、ん……」

ぐったりと力の抜けた身体から男が引き抜かれ、今度は再び背中から突き入れられた。

そのまま上体が引き起こされ、膝にすわるような体勢で抱えられる。

「ふ…、ぁ……、ふか……」

一番奥まで、男の存在を感じる。

男の胸に背中を預け、ビクン、と真頼の身体が痙攣した。

「真頼……」

顎がとられ、少し苦しい体勢でキスが与えられる。内腿が同じリズムで撫でられ、根元の球がやわらかく揉《も》みしだかれる。

熱い息を吐き出しながら、真頼は男の胸に身体をこすりつけた。

大きな硬い手の中でこすり上げられ、真頼はたまらず自分から腰を上下させる。

「たまらないな……」

熱っぽい声が耳に落ち、髪にキスが与えられる。

そして背中から両膝が抱えられると、わずかに腰が浮かされ、下から激しく突き上げられて、あっという間に、真頼は前をほとばしらせた。

余韻の残る熱い身体から男が自身を引き抜き、支えをなくして真頼はぐったりシーツに倒れこむ。

「真頼……、寝ていいよ」

髪を、背中を撫でながら、黎司が楽しげにささやく。

「でも明日起きたら、また愛させてくれ」

落っこちそうなまぶたをなんとか引き上げ、真頼は男をにらんだ——。


翌朝目覚めた時、真頼の顔を見つめている四つの目とぶつかった。

「ああ…、おはよう」

気怠い腕を持ち上げて、ベッドに上がっていた子供たちの頭を撫でてやる。

家に…、みんなでもどってきたのだと、ふいに実感して胸がいっぱいになった。

布団の中にはもう一つ大きな温もりが埋もれていて、子供たちがツンツンとつっついているが、黎司に目覚める様子はない。

「またパパが独り占めしてたんだね」

ぷぅっ、と青李が口を膨らませた。

「ママは僕たちのママじゃないの？」

御空も唇を尖らせて訴える。

「ずっと、青李と御空のママだよ」

真頼は両手を広げて、子供たちを抱き寄せた。

「でも、パパの恋人なんだ」

微笑んで言うと、えーっ！　と子供たちから抗議の声が上がる。

シーツの中からゆっくりと伸びてきた男の腕が、そっと真頼の肩を抱きしめた――。

end.

あとがき

こんにちは。初めてのオメガバース本になります。……最初で最後かもですが（笑）実のところマンガではかなり読んではいたのですが、なぜか自分で書くイメージがあまり湧かなくて。多分、ファンタジーを書くのが好きで、自分で設定を考えるのが好きなので、初めから世界観が決まっているのがちょっと窮屈に思えたのかもしれません。でも結局、何でもありというか、自由度の高いジャンルですよね。アンソロジーにお誘いいただき、オメガバースとは…？と頭の中でイメージした時に出てきたのが、なぜか「ア××プラグ型抑制器」だったんですよ（何か違う）。これを世に出さねば！という使命感に突き動かされて書いたと言っても過言ではない……。

そんなわけですが、黎司と真頼さんの二人は、これまで私が書いた中でも激甘のカップルなんじゃないかと思います。こんなにてらいもなく、おたがいにラブラブしている関係がめずらしい気が。たいてい片方は意地っ張りの子が多いからかな。なんですかね…、普通のファンタジー以上に、オメガバースだとどれだけ恥ずかしいセリフを連発しても大丈夫、みたいな感覚はあるのかもしれません。お話自体は、我ながらものすごく王道（のはず）ですが、オメガバース的世界観とはズレている気がしなくもない……ので、ご期待に添えなかったら申し訳ないです。あっ、舞台はパラレル日本ですので、後半の書き下ろしの方は法律、裁判関係へのツッコミはお許しくださいませ。

単行本化にあたって、イラストをいただきました小山田あみさんには素晴らしく美しい二人を本当にありがとうございました！　とても華やかな世界観にしていただけました。眼福です～。

そしてなんと、こちらのお話は宝井さきさんにコミカライズしていただきまして、ほぼ同時にコミックスが発売されているはず。また違ったかっこよさのある二人が見られます。さらにアンソロジー収録分ではへらへらさんに素敵なイラストをいただきまして、まったく予想外に贅沢な作品となりました。それぞれに楽しんでいただけるとうれしいです。編集さんには相変わらずぐたぐたと申し訳ありません…。アンソロジーに誘っていただいて、新しい世界が開けてしまいました。これからも未知の世界へつき進みたいと……あれ？

そしてこちらのお話におつきあいいただきました皆様にも、本当にありがとうございました。いまだに手探りなジャンルでございますが、少しでもお楽しみいただけるとうれしいです。

それでは、またどこかの世界でお会いできますように――。

5月　頂き物のエンドウでまめご飯、の季節。あっ、今年は筍を食べてない…。

水壬楓子

初出一覧

heat capacity　／小説オメガバースアンソロジー（2017年10月）掲載
装うアルファ、種付けのオメガ　／書き下ろし

ビーボーイスラッシュノベルズを
お買い上げいただきありがとうございます。
この本を読んでのご意見・ご感想をお待ちしております。

〒162-0825　東京都新宿区神楽坂6-46
ローベル神楽坂ビル4F
株式会社リブレ内　編集部

アンケート受付中
リブレ公式サイト　https://libre-inc.co.jp
TOPページの「アンケート」からお入りください。

SLASH
B-BOY NOVELS

装うアルファ、種付けのオメガ ～財閥オメガバース～

2020年6月20日　　第1刷発行

■著　者　　水壬楓子

■発行者　　太田歳子
■発行所　　株式会社リブレ

〒162-0825　東京都新宿区神楽坂6-46　ローベル神楽坂ビル
■営　業　　電話／03-3235-7405　FAX／03-3235-0342
■編　集　　電話／03-3235-0317

■印刷所　　株式会社光邦

Printed in Japan
ISBN 978-4-7997-4813-8